Fabian Lenk

1000 Gefahren im Reich des Pharao

In der Reihe „1000 Gefahren" sind erschienen:

RTB 52339 · Vince Lahey, *Der Fluss der 1000 Gefahren*
RTB 52340 · Edward Packard, *Die Insel der 1000 Gefahren*
RTB 52343 · Edward Packard, *1000 Gefahren zur Geisterstunde*
RTB 52344 · R. A. Montgomery, *Der Urwald der 1000 Gefahren*
RTB 52345 · Fabian Lenk, *Das Meer der 1000 Gefahren*
RTB 52346 · Fabian Lenk, *Die Pyramide der 1000 Gefahren*
RTB 52361 · Fabian Lenk, *Das Fußballspiel der 1000 Gefahren*
RTB 52363 · Fabian Lenk, *Die Wüste der 1000 Gefahren*
RTB 52366 · Edward Packard, *1000 Gefahren im Weltall*
RTB 52381 · Fabian Lenk, *Der Berg der 1000 Gefahren*
RTB 52385 · Frank Stieper, *Das U-Boot der 1000 Gefahren*
RTB 52396 · Fabian Lenk, *1000 Gefahren auf dem Piratenschiff*
RTB 52397 · Edward Packard, *1000 Gefahren im Strafraum*
RTB 52407 · Fabian Lenk, *1000 Gefahren im Gruselschloss*
RTB 52408 · Frank Stieper, *1000 Gefahren – Angriff der Roboterspinnen*
RTB 52426 · Frank Stieper, *Das Labor der 1000 Gefahren*
RTB 52437 · Frank Stieper, *1000 Gefahren im Internet*
RTB 52463 · Fabian Lenk, *1000 Gefahren in der Drachenhöhle*
RTB 52474 · Fabian Lenk, *1000 Gefahren bei den Rittern der Tafelrunde*
RTB 52475 · Edward Packard, *1000 Gefahren am Katastrophentag*
RTB 52498 · Fabian Lenk, *1000 Gefahren im alten Rom*
RTB 52499 · Fabian Lenk, *1000 Gefahren bei den Wikingern*
RTB 52500 · Fabian Lenk, *1000 Gefahren bei den Samurai*
RTB 52501 · Fabian Lenk, *1000 Gefahren im Reich des Pharao*

Fabian Lenk

1000 GEFAHREN
DU ENTSCHEIDEST SELBST!

1000 Gefahren im Reich des Pharao

Mit Illustrationen
von Rolf Bunse

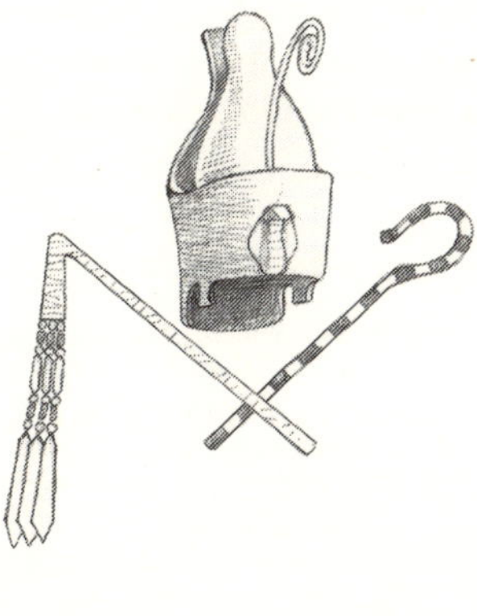

Ravensburger Buchverlag

MIX
Aus verantwortungsvollen Quellen
FSC® C114500
FSC
www.fsc.org

Als Ravensburger Taschenbuch
Band 52501
erschienen 2013

Umschlagillustration: Stefani Kampmann
Textlektorat: Andreas Rode

Printed in Germany

2 3 4 5 17 16 15 14 13

ISBN 978-3-473-52501-0

www.ravensburger.de

Warnung!

Lies dieses Buch nicht in einem Zug von vorn bis hinten durch. Es enthält verschiedene Abenteuer, die du in der Zeit der Pharaonen erleben kannst. Von Zeit zu Zeit kannst du beim Lesen zwischen verschiedenen Möglichkeiten wählen. Wenn du dich für einen Weg entschieden hast, dann folge den Anweisungen, um herauszufinden, was als Nächstes passiert.
Aber Vorsicht! Nicht jedem kannst du trauen: Ob als Arbeiter beim Pyramidenbau, als Gehilfe eines Einbalsamierers, als Beschützer des Pharaosohnes oder als Matrose auf einem Nilschiff – überall musst du mit Gefahren rechnen. Dir werden grimmige Feinde, zähnefletschende Krokodile und skrupellose Giftmischer begegnen. Überleg also gut, wem du Vertrauen schenkst. Denk nach, bevor du dich entscheidest. Wenn du einen Fehler machst, gibt es kein Zurück! Dein Überleben hängt von deinem schnellen und guten Urteilsvermögen ab.

Viel Glück!

Was für ein Abend! Gerade geht die Sonne rotglühend über Memphis, der Hauptstadt Ägyptens, unter. Im Jahr 2581 vor Christus ist es friedlich in Ägypten. Schon lange hat es weder Kriege noch Missernten gegeben. Pharao Cheops ist an der Macht. Derzeit lässt er sich eine gewaltige Pyramide errichten. Du sitzt mit deiner Familie auf dem Dach eures Hauses im Zentrum der Stadt. Ihr esst immer hier oben zu Abend, weil vom nahen Nil eine angenehme Brise über die Dächer streift und die Hitze des Tages vertreibt.

Heute gibt es Latos, den leckeren Nilbarsch, und dazu ofenwarmes Brot. Für den Nachtisch stehen Datteln und Feigen bereit. Als Getränke habt ihr Irtet, eine mit Honig gesüßte Ziegenmilch. Deine Eltern genehmigen sich einen Krug mit kühlem Irep. Das ist mit Wasser verdünnter Wein.

Du bist bester Laune und machst Blödsinn mit deinen beiden jüngeren Brüdern und deiner Schwester. Auch deine Mutter lässt sich von eurer guten Laune anstecken.

Nur dein Vater ist heute wieder sehr ernst. Er ist ein berühmter Arzt. Sogar Pharao Cheops vertraut auf seine Künste.

„Ich muss etwas mit dir besprechen", meint dein Vater zu dir. Seine Stimme hört sich so an, als ob es sich um etwas wirklich Wichtiges handelt. Aber um was? Du bist mächtig gespannt und daher ausnahmsweise einmal ganz Ohr.

Alle Blicke sind nun auf deinen Vater gerichtet.

Lies weiter auf Seite 48

„Nubien? Das ist mir zu weit weg“, sagst du. „Ich suche mir lieber im Hafen von Memphis Arbeit.“
Schulterzuckend geht Taheb.
Du hörst dich an der Anlegestelle um und findest tatsächlich einen Kapitän, der dir Arbeit gibt. Du sollst helfen, Holz von seinem Lastkahn zu schleppen.
Du bist stolz. Heute Abend wirst du einiges verdient haben und den Verdienst deinen Eltern zeigen können. Du bist also doch zu etwas zu gebrauchen!
Die Arbeit entpuppt sich als sehr hart. Dein neuer Chef treibt dich und die anderen unermüdlich an.
Am Abend holt er euch an Bord, um euch auszuzahlen.
Doch dort erlebt ihr eine böse Überraschung. Der Kapitän und einige Komplizen überwältigen und fesseln euch. Dann legt das Schiff ab und fährt in Richtung Mittelmeer.
Der Kapitän kündigt an, dich und die anderen als Sklaven zu verkaufen!

Ende

Noch nie warst du im Palast des Pharao. Dein Vater begleitet dich dorthin und übergibt dich am Eingang einem Diener, der dich ins Palastinnere führt. Vorbei an Wasserspielen und Teichen mit Lotusblumen gelangst du in einen großen Saal. Was für eine Pracht! Der Boden ist mit kostbaren Mosaiken verziert. Die Wände sind mit Gemälden geschmückt, die Pharao Cheops bei der Jagd oder im Kampf zeigen, wo er seine Feinde besiegt. Hunderte von bunt bemalten Säulen in Form von Palmen tragen die edle Holzdecke.

Der Diener schiebt dich in einen Nebentrakt des riesigen Palastes. Hier ist es längst nicht so elegant. Dann stehst du in dem winzigen, stickigen Büro eines fröhlichen Mannes mit Glatze.

„Ich beaufsichtige die Dienerschar am Hof", schnarrt er. „Derzeit haben wir 834 Diener allein für Cheops. Weitere 312 Diener stehen seinen zwölf Nebenfrauen zur Verfügung und 708 seiner Hauptfrau Merititis. Dein Vater behauptet, dass du ein schlaues und eifriges Bürschchen bist. Mach ihm keine Schande, sonst landest du bei den Krokodilen im Nil."

„Gut, verstanden!"

„Ich brauche ständig überall neue Diener. Willst du lieber dem Pharao oder seiner Frau dienen?"

Wenn du Pharao Cheops dienen willst,
lies weiter auf Seite **92**

Wenn du dich für Königin Merititis entscheidest,
lies weiter auf Seite **111**

Du stehst in einem kahlen Flur. Rechts ist eine Tür. Du öffnest sie. Dahinter liegt ein einfach möblierter Wohnraum. Niemand ist zu sehen.
Da dringt ein Geräusch an deine Ohren, ein irres Kichern. Es kam aus dem angrenzenden Raum. Erneut ist das irre Kichern zu hören, gefolgt von einem Schrei. Deine Nackenhaare stellen sich auf.

Wenn du das Zimmer nicht betrittst,
lies weiter auf Seite 20

Wenn du in das Zimmer gehst,
lies weiter auf Seite 90

Du rufst die Wachen und führst sie zu dem Versteck.
Die Männer trauen ihren Augen kaum.
Dann warten sie, bis Rechmire nach Hause kommt. Er wird verhaftet. Angesichts der erdrückenden Beweislast gesteht der Priester, dass er schon seit Jahren den Schmuck der Menschen stiehlt, die er mumifizieren soll.
Der Pharao hört von deiner hervorragenden Detektivarbeit. Zum Lohn schenkt Cheops dir viel Gold. Außerdem wirst du befördert.

Ende

Die Frau saust über einen kurvenreichen Weg am Ufer entlang. Du bleibst an ihr dran – sie darf nicht entkommen! Im Rennen rufst du einem Fischer zu, dass er die Palastwache alarmieren soll. Wenig später ist Hufgetrappel zu hören. Du drehst dich um. Bewaffnete Reiter sprengen heran. Da ist die Palastwache!
Hinter der nächsten Kurve ist die Frau plötzlich verschwunden! Hat sie dich abgehängt? Ausgepumpt bleibst du stehen. Die Reiter preschen an dir vorbei.
Die Männer werden die Täterin schon erwischen, glaubst du und willst umkehren. Doch in diesem Moment vernimmst du ein verdächtiges Rascheln im Schilf. Dort bewegt sich etwas. Du siehst genauer hin. Da hat sich doch jemand versteckt. Du watest ins Wasser – und entdeckst die kleine Frau!
„Komm nicht näher!“, warnt sie dich. Sie hat ein Messer auf dich gerichtet. „Und halt den Schnabel!“
„Früher oder später werden sie dich kriegen!“, erwiderst du.
„Sie sollen lieber Kawit verhaften! Denn sie gab mir den Befehl, das Gift ins Essen zu mischen. Kawit will Merititis töten, um selbst Hauptfrau des Pharaos zu werden. Und jetzt sollten die Wachen mich töten, damit es keine Zeugen gibt.“ Dann schwimmt die Frau zum anderen Ufer des Nils.
Du gibst den Wachen den entscheidenden Tipp. Sie können die Giftmischerin doch noch fangen und zu Cheops bringen. Mithilfe ihrer Zeugenaussage gelingt es dir, Kawit zu überführen. Die beiden Damen landen für immer im Gefängnis. Merititis überlebt den Anschlag und du wirst umgehend befördert.

Ende

Du konzentrierst dich auf deine Arbeit. Das Essen wird aufgetragen. Alle loben die Kochkünste von Menui und ihrem Team. Du bist ein wenig stolz, denn du hast ja auch einen kleinen Teil dazu beigetragen.

Doch deine gute Laune verfliegt, als gegen Mitternacht ein Trupp Soldaten in die Küche stürmt und alle verhaftet.

„Königin Merititis wurde vergiftet! Sie ringt mit dem Tod!“, brüllt der Hauptmann. „Jemand hat ihr Gift ins Essen gestreut. Und dieser Jemand muss einer von euch sein.“

Sofort fällt dir die kleine Frau ein. Wo ist sie überhaupt? Weg!, lautet die Antwort. Sie muss bereits geflohen sein!

Du willst etwas sagen, aber man lässt dich nicht zu Wort kommen. Die Soldaten treiben euch aus der Küche. Ihr sollt ins Gefängnis gebracht werden, wo man euch verhören will.

**Wenn du zu fliehen versuchst,
lies weiter auf Seite 34**

**Wenn du ins Gefängnis gehst,
lies weiter auf Seite 86**

Rechmire schaut sich die Verletzung an.
„Das ist eine alte Wunde", knirscht er. „Daran ist der Mann nicht gestorben! Und deshalb machst du einen solchen Aufstand?"
Du schaust zu Boden. Die Verletzung ist keineswegs alt. Das weißt du, weil du deinem Vater, der ja Arzt ist, oft über die Schulter geschaut hast. Rechmire weiß das garantiert auch! Schließlich ist der Priester viel erfahrener als du. Warum lügt er dann?
„Verschwinde!", raunzt Rechmire dich an. „Ich gebe dir für heute frei."
Frei? Eigentlich nicht schlecht! Andererseits fragst du dich, was der Priester im Schilde führt.
Du genießt den Tag am Nil und spielst mit deinen Freunden. Es ist so wie früher!
Am Abend kehrst du nach Hause zurück. Unterwegs kommst du an dem Tempel vorbei, in dem du arbeitest. Gerade verlässt Rechmire das Gebäude. In der Dämmerung siehst du, dass eine Frau auf ihn zutritt. Das ist ja die Witwe!

Wenn du den beiden nachschleichst,
lies weiter auf Seite **23**

Wenn du nach Hause gehst,
lies weiter auf Seite **117**

Du suchst dir ein verborgenes Plätzchen, wo dich niemand beobachtet. Dann öffnest du die Rolle.

Deine Augen werden groß. Auf dem Papyrus steht das Rezept für einen Wundertrank, der unter anderem aus bestimmten Kräutern, Schlangenherzen, Spinnenblut und einem Skorpionstachel besteht. Wer das Zeug trinkt, soll unsterblich sein …

Deine Gedanken rasen.

Hat Nofrit das Rezept von Innu aufschreiben lassen, um es für die Nachwelt zu erhalten? Oder will sie es verkaufen? Doch warum hat Nofrit das Rezept nicht gleich mitgenommen, nachdem sie es Innu diktiert hat?

Die Antwort ist auf dem Rand des Papyrus zu finden. Innu hat es mit aufwendigen Symbolen und Bildnissen von Gottheiten verziert. Zu sehen ist auch Selket, die Göttin der Heilkunst und Magie.

Du rollst den Papyrus wieder zusammen. Nachdenklich gehst du zum Haus von Nofrit. Auf dein Klopfen reagiert niemand. Da bemerkst du, dass die Tür einen Spalt offen steht.

Wenn du in Nofrits Haus gehst,
lies weiter auf Seite 10

Wenn du vor der Tür wartest,
lies weiter auf Seite 71

Du fliehst aus Innus Schreibstube. Traurig läufst du durch die große Stadt. Was werden deine Eltern sagen? Sie haben doch so große Hoffnung in dich gesetzt …
Ziellos irrst du durch das Gewirr der Gässchen. Irgendwann stehst du im Hafen und schaust auf das träge dahinfließende Wasser des Nils.
Was tun?

Wenn du dich nach Hause traust,
lies weiter auf Seite **28**

Wenn du dich nicht nach Hause traust,
lies weiter auf Seite **79**

18

Du suchst weiter und wirst schließlich erneut fündig. Und diesmal ist es ein höchst lebendiger Skorpion. Gar nicht so einfach, das Tierchen zu schnappen.

Du versuchst, den Skorpion mit dem Stock in das Säckchen zu treiben.

Doch plötzlich ist das Tier verschwunden. Verärgert drehst du Stein um Stein um. Irgendwo muss der Kleine doch sein!

Richtig! Der Skorpion ist sogar ganz in deiner Nähe. Nämlich genau hinter dir, wo du ihn nicht sehen kannst …

Plötzlich spürst du einen heftigen Schmerz in deiner Ferse. Es brennt fürchterlich! Der Skorpion hat zugestochen – und du weißt: Das ist das

Ende

Du hörst dich in der Küche ein wenig um und erfährst, dass es sich bei der kleinen Frau um die persönliche Köchin von Merititis handelt. Die Frau des Pharaos hat offenbar immer Sonderwünsche.
Während der Arbeit lässt du die kleine Frau nicht mehr aus den Augen. Stundenlang passiert jedoch nichts Verdächtiges und du glaubst schon, dass dein Verdacht unbegründet ist.
Je später es wird, umso nervöser wird die Chefköchin Menui. Denn gleich soll das Essen aufgetragen werden! Es gibt Wildschwein mit Honigtunke, Lammfilets mit Gurkenpaste, Antilopenbraten in Knoblauch und Aal in Pflaumensoße. Die hohen Gäste sind wohl schon im Prunksaal! Der ersten Diener flitzen mit den Getränken los.
Dann sollen die Vorspeisen folgen. Für die Gäste sind Austern vorgesehen, für Merititis jedoch Brustfleisch von Flamingo und Kranich in einer scharfen Soße.
Du siehst, wie die kleine Frau in ihr Kleid greift. Rasch tauchst du unter einem Tisch ab und tust so, als wäre dir etwas hinuntergefallen. Von deiner neuen Position aus beobachtest du, wie die Verdächtige etwas in die Soße für Merititis rieseln lässt. Ob das Gift ist? Oder handelt es sich nur um ein Gewürz?

**Wenn du Alarm schlägst,
lies weiter auf Seite** **32**

**Wenn du nichts sagst,
lies weiter auf Seite** **116**

20

Das ist dir nun wirklich zu unheimlich!
Du verkrümelst dich lieber – aber du kommst nicht weit. Denn vor dem Haus triffst du auf einen Mann, der offenbar gerade Nofrit besuchen will.
Sein Blick fällt auf den Papyrus in deiner Hand.
„Ach, das ist sicher genau das Schriftstück, das ich haben will!", sagt er.
Stumm schüttelst du den Kopf.
„Lass mal sehen!", befiehlt der Kerl und reißt dir die Schriftrolle aus der Hand.
Er überfliegt den Text. Dabei beginnen seine Augen zu leuchten.
„Sehr schön", sagt der Mann und will einfach verschwinden.
„So geht das nicht!", rufst du empört. „Du musst Nofrit dafür bezahlen."
„Ich kann keine Nofrit sehen", erwidert der Mann lachend und beschleunigt seine Schritte.
Du holst ihn ein und willst ihm den Papyrus abnehmen. Der Mann prügelt auf dich ein, aber du wehrst dich. Es entbrennt ein heftiger Kampf um den Papyrus, bei dem dieser leider in tausend Fetzen zerrissen wird. Jetzt hat niemand etwas von dem magischen Rezept!

Ende

Hemiunu führt dich zur Pyramide, die schon fast fertig ist. Der Gigant ist bereits 128 Meter hoch, seine Seitenlänge beträgt 230 Meter. Eine riesige Schar von Arbeitern schuftet unter der heißen Sonne. Du siehst, wie sie die 2,5 Tonnen schweren Steinblöcke auf Holzschlitten wuchten. Dann ziehen sie die Schlitten auf Rampen aus festgeklopftem Sand und Geröll nach oben, bis der große Stein an der Stelle ist, wo er hingehört. Dort wird er von Steinmetzen in das Bauwerk eingefügt.

„Da staunst du, nicht wahr?", sagt der Baumeister stolz.

„Oh ja, beim Horus!", antwortest du.

„Wir haben derzeit rund 30 000 Arbeiter auf der Baustelle", ergänzt Hemiunu. „Ich brauche jemanden, der die Arbeiter genau registriert. Ich muss wissen, wer da ist und wer nicht, um zu entscheiden, wer Lohn erhält. Da gibt es derzeit immer wieder ein ziemliches Durcheinander."

Du nickst.

Da senkt Hemiunu die Stimme. „Ich könnte aber auch jemanden gebrauchen, der eine Spezialaufgabe übernimmt und die Augen aufhält. Denn seit Wochen geschehen merkwürdige Dinge auf der Baustelle ..."

Wenn du die Arbeiter kontrollierst, lies weiter auf Seite 38

Wenn du den Spezialauftrag annimmst, lies weiter auf Seite 100

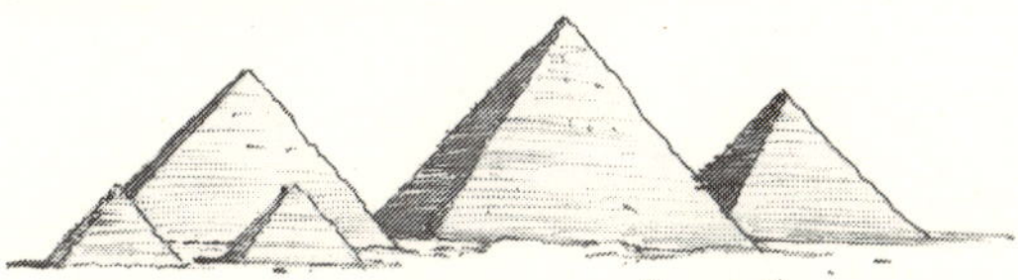

Du versteckst dich und beobachtest, wie die Räuber Chephren aus dem Gasthaus zerren. Sie zwingen ihn, auf ein Pferd zu steigen, und verschleppen ihn in die Wüste.
Du kannst die Entführer verfolgen. Einige Kilometer von der Oasenstadt entfernt schlagen sie ihre Zelte auf.
Du verbirgst dich hinter einer Düne und siehst, wie die Kerle ein Lagerfeuer entzünden. Chephren wird in einem der Zelte festgehalten.
Was sollst du tun?

Wenn du Verstärkung aus der Stadt holst,
um die Räuber anzugreifen,
lies weiter auf Seite **41**

Wenn du versuchst,
Chephren im Alleingang zu befreien,
lies weiter auf Seite **65**

Die beiden gehen zu einer dunklen Stelle am Nil. Du kannst dich dort im Schilf verstecken und lauschen.
„Und, wie ist es gelaufen?“, fragt Rechmire.
„Gut“, erwidert seine Schwester. Hell klingt ihr Lachen über das Wasser „Ich habe alles geerbt und niemand hat Fragen gestellt.“
„Warum sollte das auch jemand tun?“, erwidert Rechmire. „Alle Spuren sind verwischt.“
„Ja, dank dir.“
Rechmire hüstelt. „Ich hoffe, meine Dienste sind dir etwas wert …“
„Selbstverständlich, ich habe dich nicht vergessen“, sagt die Frau.
Du siehst, wie sie dem Priester einen goldenen Ring gibt. Der ist bestimmt eine Menge wert. Du zählst eins und eins zusammen. Die Frau ließ ihren Mann ermorden, um an das Erbe zu kommen – und Rechmire verwischte die Spuren! Unglaublich!

Wenn du die beiden zur Rede stellst,
lies weiter auf Seite **40**

Wenn du erst mal nach
einem handfesten Beweis suchst,
lies weiter auf Seite **114**

Der Trank versickert im Wüstensand. Dann holst du den Papyrus mit dem Rezept hervor und verbrennst ihn.
Nein, sagst du dir dabei, niemand soll unsterblich sein. Auch du selbst willst nicht ewig auf dieser Welt sein.
Zwar liebst du das Leben, aber es würde dich sehr, sehr traurig machen, wenn im Laufe der Jahre alle Menschen, die du liebst, irgendwann sterben müssen und immer nur du übrig bleibst – verdammt zum ewigen Leben.

Ende

Das gibt es doch gar nicht! Du entdeckst, dass die Achse des Wagens angesägt wurde. Also hat wieder jemand nachgeholfen! Nur wer?
Du befragst die Arbeiter und hörst dich unter den Handwerkern um: Wer hat etwas beobachtet, wer hat vielleicht eine Säge verliehen?
Nichts, nichts, nichts! Es ist zum Verzweifeln: Niemand hat etwas gesehen, du kommst einfach nicht weiter.
Und so kann der Saboteur seine Arbeit fortsetzen. Jeden Tag gibt es weitere Zwischenfälle, der Bau der Pyramide verzögert sich mehr und mehr.
Irgendwann reicht es dem Pharao. Cheops entlässt Hemiunu und ernennt einen neuen Baumeister. Ab diesem Augenblick gibt es keine Pannen mehr.
Was für ein Zufall!, denkst du dir. Hat vielleicht der neue Baumeister hinter den Anschlägen gesteckt, war er scharf auf die Stelle des armen Hemiunu?
Tja, das kannst du nicht beweisen – und so bleibt es bei einem Verdacht.

Ende

Du spähst durch den Spalt einer Tür.
Rechmire trägt jetzt eine schwarze Maske – die Maske von Anubis, dem schakalköpfigen Gott der Mumifizierung. Er murmelt Beschwörungen. Dann greift er zum Totenbuch, einer Papyrusrolle, auf der magische Formeln stehen. Er liest daraus vor und legt sie zurück auf die Brust des Toten. So weit, so gut. Das gehört zu den Aufgaben eines Priesters. Aber warum hat er euch Helfer hinausgeschickt?, fragst du dich erneut.
Da macht sich Rechmire wieder an der Mumie zu schaffen. Und was du jetzt siehst, kannst du kaum glauben – Rechmire steckt einen sehr wertvollen goldenen Skarabäus ein, der den Verstorbenen ins Reich des Totengottes Osiris begleiten sollte! Rechmire ist ein Dieb!

Wenn du in den Raum stürmst,
lies weiter auf Seite 44

Wenn du weiter zuschaust,
lies weiter auf Seite 101

28

Mit gesenktem Kopf stehst du vor deinen Eltern und erzählst ihnen, was passiert ist. Du hast Angst vor einem Donnerwetter.

Aber diesmal hast du die beiden ganz falsch eingeschätzt.

Deine Mutter schließt dich in die Arme und sagt, dass du richtig gehandelt hast.

„So etwas musst du dir von niemandem anhören", sagt sie zu dir.

Und dein Vater?

„Es war mein Fehler", sagt er. „Ich hätte dich nicht zu Innu schicken dürfen. Innu war schon immer ein schwieriger Mensch."

„Und was soll ich jetzt tun?", fragst du. „Welchen Beruf soll ich erlernen?"

Dein Vater lächelt dich an. „Hast du vielleicht Lust, Arzt zu werden – so wie ich?"

„Oh ja!", strahlst du.

„Gut, gleich morgen soll deine Ausbildung beginnen!"

Du bist überglücklich – einen besseren Lehrmeister als deinen Vater kannst du dir gar nicht vorstellen!

Ende

Du hörst dich um, aber das Ergebnis ist entmutigend. Niemand will sich daran erinnern können, wer das Seil am Stein befestigt hat. Diese Spur verläuft leider im Sand …
Immer wieder gibt es in den nächsten Tagen und Wochen Zwischenfälle auf der Baustelle. Und fast immer glaubst du, dass ein Saboteur dahintersteckt. Doch es gelingt dir nicht, den Fall aufzuklären.
Hemiunu ist sehr unzufrieden mit dir und entlässt dich.

Ende

Während ein anderer Diener deinen Vater holt, jagst du der kleinen Frau hinterher. Sie hetzt einen langen Flur hinunter, der zum Ausgang des Palastes führt.
Doch dann hat sie Pech – zwei Wachen treten ihr entgegen.
Nehmt sie fest, sie hat versucht, Königin Merititis zu vergiften!, willst du rufen. Doch das ist gar nicht nötig. Die Soldaten verhaften die Frau.
Sehr gut!, denkst du dir – doch da fällt dir etwas auf: Ein Lächeln huscht über das Gesicht der Frau, als sie abgeführt wird. Das macht dich stutzig. Wer freut sich schon, wenn man ihn verhaftet? Und noch etwas wundert dich: Woher wussten die Wachen, dass die Frau in den Giftanschlag verwickelt ist?
Nachdenklich siehst du den Wachen und der Frau hinterher. Da stimmt doch etwas nicht …

Wenn du dem Trio folgst,
lies weiter auf Seite 61

Wenn du sofort Alarm schlägst,
lies weiter auf Seite 109

Du überlegst: Zu wessen Zimmer führt diese Tür? Und was macht die Giftmischerin dort? Sollst du Verstärkung holen oder Pharao Cheops Bescheid geben? Fragen über Fragen …

In dieser Sekunde wird noch eine Frage gestellt.

„He, was hast du da verloren?"

Du fährst herum.

Hinter dir sind wie aus dem Nichts zwei der Wachsoldaten aufgetaucht. Du hast sie nicht kommen hören.

Sie fesseln dich und schleifen dich in den Raum, in dem gerade die kleine Frau verschwunden ist.

Dort empfängt dich Kawit, eine wunderschöne Nebenfrau von Pharao Cheops.

„Der Kerl hat herumgeschnüffelt", meldet einer der Wachsoldaten.

„… und sich dabei erwischen lassen", höhnt Kawit. „Wie ungeschickt! Aber ich werde dich leider nicht entwischen lassen. Denn ich kann keine Zeugen gebrauchen." Sie schickt die Soldaten hinaus.

„Zeugen für was?", fragst du.

Kawit deutet auf die kleine Frau. „Mit der Hilfe meiner Freundin habe ich Merititis vergiftet. Nun ist der Weg frei für mich, nun werde ich die Hauptfrau des Pharaos!"

Dann zwingt sie dich, einen Becher zu leeren. Und du ahnst, dass in dem Becher Gift ist …

Ende

32

Aufgeregt rennst du zu Menui und berichtest von deinem Verdacht.
Sofort holt sie die kleine Frau her. „Was hast du ins Essen von Merititis gestreut?“
„Ein edles Gewürz“, antwortet die Frau.
„Dann probier von der Speise!“, rufst du. Du bist dir sicher, dass die Frau genau das nicht tun wird.
Doch zu deiner Überraschung löffelt sie die Soße, ohne mit der Wimper zu zucken.
Menui funkelt dich an. „Wie kannst du es wagen, eine meiner Köchinnen derart zu verdächtigen?“
Du zuckst mit den Schultern. Du hast es ja nur gut gemeint!
„Solche Leute wie dich kann ich hier nicht brauchen!“, blafft Menui dich an. „Verschwinde und lass dich nie wieder in meiner Küche blicken!“

Ende

Bei allen Göttern, das schmeckt ja grauenhaft! Das Zeug brennt wie Feuer! Du bekommst Angst. Hast du da gerade eine hochgiftige Mixtur getrunken, die dein Leben nicht verlängert, sondern – im Gegenteil – verkürzt? Vielleicht hat Nofrit auch einen Fehler gemacht, sich irgendwo verrechnet und etwas falsch angegeben!

Bange Minuten verstreichen. Du wartest darauf, dass du einfach umkippst und das Totenreich von Osiris betrittst.

Doch nichts dergleichen geschieht. Im Gegenteil. Eine ungeheure Macht durchströmt dich, du fühlst dich stark und unbesiegbar. Du ahnst: Du bist … unsterblich!

Du vernichtest den Papyrus und suchst Nofrit auf. Denn eine Frage beschäftigt dich noch: Warum hat die Frau das Zeug nie selbst getrunken?

Die junge Frau lacht heiser. „Natürlich habe ich meinen Trank ausprobiert. Das war vor dreitausend Jahren!“

Vor dreitausend Jahren? Das ist doch unmöglich!, denkst du.

„Ja, ich bin unsterblich. Und vor Kurzem kam ich auf die Idee, das Rezept zu vervielfältigen und zu verkaufen. Denn ich habe es satt, die Einzige zu sein, die nicht sterben kann“, sagt die schöne Frau. „Du hast mein Rezept gestohlen, aber das macht nichts. Denn die Hauptsache ist für mich, dass es nun jemanden gibt, der so wie ich niemals altern wird! Ich werde nie mehr allein sein.“

Ende

34

Draußen vor der Küche ist es dunkel und du witterst eine Chance. Wutsch! Schon flitzt du los.

„He, bleib stehen!", hörst du die Stimme des Hauptmannes.

Von wegen!, denkst du. Ich bin schließlich schnell wie der Wind!

Schnell ist aber dummerweise auch einer der Bogenschützen. Er schickt dir einen Pfeil hinterher – und der findet trotz der Dunkelheit sein Ziel.

Nämlich dich.

Ende

In dem Raum liegen teilweise mumifizierte Tiere sowie rostige Messer. Aber du bleibst ruhig, du überwindest deine Angst und deinen Ekel und beginnst, den Raum genau unter die Lupe zu nehmen.
Mit Erfolg.
Denn unter einer Truhe mit bleichen Knochen findest du doch tatsächlich einen wahren Schatz: Schmuckstücke aus Gold. Viele davon sind mit Edelsteinen verziert. Jetzt hast du den Beweis für Rechmires Schuld!

**Wenn du den Schmuck im Haus lässt
und Alarm schlägst,
lies weiter auf Seite** **11**

**Wenn du mit der Beute zu den Wachen läufst,
lies weiter auf Seite** **43**

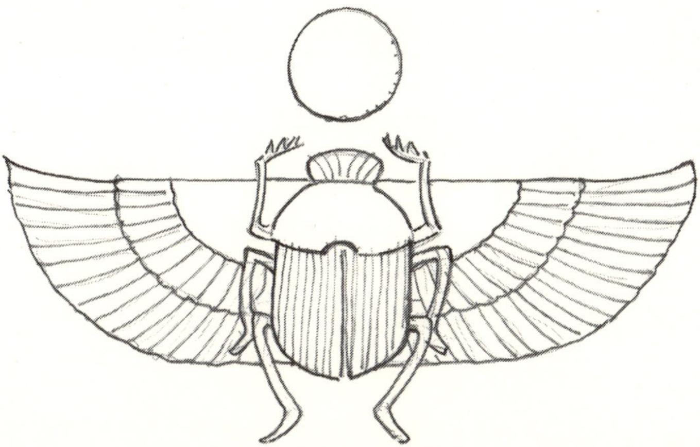

36

Du faselst etwas davon, dass ihr Händler seid und Tauschgeschäfte mit den Hethitern machen wollt.
Daraufhin lässt Sari euer Gepäck durchsuchen.
„Nun, ich sehe keine Waren, die ihr eintauschen könntet", sagt sie schroff. „Also hast du gelogen. Ich glaube viel eher, dass ihr Spione von Pharao Cheops seid!"
Ihr widersprecht vehement, doch Sari glaubt euch nicht. Ihr werdet abgeführt und in ein Gefängnis geworfen, aus dem ihr nie wieder herauskommt.

Ende

„Lieber nicht, das ist doch alles viel zu gefährlich!“, wendest du ein.
„Gefährlich? Aber ja!“, ruft der Prinz vergnügt. „Denn wenn es nicht gefährlich wäre, dann wäre es ja völlig langweilig!“
Er legt einen Arm um deine Schultern. „Und du, mein treuer Freund, wirst mich bei diesen Abenteuern begleiten!“
Sicher, denkst du, denn genau das ist meine Aufgabe. Und wenn Chephren etwas zustößt, dann wird man dich dafür verantwortlich machen und hinrichten …
„Also, was meinst du: Zu welchem Abenteuer sollen wir aufbrechen?“, fragt Chephren.

Wenn du dich für den Kampf mit dem Krokodil entscheidest, lies weiter auf Seite **62**

Wenn du lieber mit Chephren die Prinzessin rauben möchtest, lies weiter auf Seite **77**

Wenn du die Jagd auf die Räuber bevorzugst, lies weiter auf Seite **115**

Was für eine Aufgabe! Du besorgst dir erst einmal ein paar Helfer. Dann fertigt ihr Listen mit den Namen der Arbeiter an. Jeden Morgen kontrolliert ihr, wer pünktlich zur Arbeit kommt – und wer nicht. Manchen kürzt ihr den Lohn. Das macht dich nicht gerade beliebt.

„So einen wie dich können wir hier nicht gebrauchen", knurrt ein riesenhafter Kerl. „Du bist ein elender Spitzel von diesem Hemiunu!"

„Pass auf, was du sagst!", entgegnest du kühl.

Der Riese ballt seine großen Fäuste. „Willst du mir drohen, Kleiner?"

Sofort bist du von einigen anderen Arbeitern umringt. Die Stimmung ist aggressiv. Deine Gehilfen verkrümeln sich und lassen dich allein.

Der Große grinst böse. „Lass uns kämpfen. Wer verliert, wird die Baustelle für immer verlassen."

Wenn du um Hilfe rufst,
lies weiter auf Seite **60**

Wenn du versuchst,
der Situation allein Herr zu werden,
lies weiter auf Seite **72**

Du springst aus deinem Versteck.
40 „Ich habe alles gehört!“, rufst du. „Ich hätte nie gedacht, dass du in einen Mord verwickelt bist, Rechmire!“
Der Priester bleibt ganz ruhig. „Was redest du da für einen Unsinn, mein junger Freund!“
„Das ist kein Unsinn, sondern die Wahrheit!“, beharrst du.
Rechmire lächelt kalt. „Aber das kannst du nicht beweisen!“
„Doch, und ich werde dich anklagen!“, kündigst du an. „Dich und dieses böse Weib!“
„Das wirst du nicht tun“, entgegnet der Priester. „Weil du dazu gar nicht die Möglichkeit bekommst.“
Plötzlich hat er ein Messer in der Hand – und du weißt: Das ist das

Ende

Du schlägst in Fayum Alarm und trommelst alle zusammen, die irgendwie eine Waffe halten können. Aber das dauert natürlich seine Zeit. Der Morgen dämmert bereits, als du mit über hundert Männern zum Lager der Räuber aufbrichst.
Doch was ist das? Die Kerle sind verschwunden! Und mit ihnen Chephren! Offenbar wechseln die Entführer ständig ihren Standort, um schlechter zu fassen zu sein. Was für eine Blamage für dich! Traurig willst du nach Memphis zurückkehren. Doch noch in Fayum spricht dich eine zwielichtige Gestalt an. Die Räuber seien bereit, den Prinzen freizulassen, wenn du ihnen dafür alle Pferde und Waffen gibst, die ihr besitzt, erfährst du von dem Mann. Zähneknirschend stimmst du zu. Abends findet die Übergabe an einem geheimen Ort in der Wüste statt. Lachend verschwinden die Räuber mit euren Pferden und Waffen in der Wüste.
Du schaust den Kerlen wütend hinterher. Aber Hauptsache, Chephren ist nichts passiert! Ihr kehrt zu Fuß nach Fayum zurück.
Die Sache lässt dir keine Ruhe. Und so schlägst du vor, neue Pferde und Waffen zu kaufen und die Räuber weiter zu jagen. Chephren willigt ein, und tatsächlich könnt ihr die Spur der Räuber vom Übergabeort aus verfolgen. Ihr überwältigt die Kerle, als sie gerade schlafen. Alle werden verhaftet und nach Memphis gebracht, wo man euch als Helden feiert.

Ende

„Wer bist du?“, fragst du leise.

42 „Ich bin auf der Flucht vor den Wachen“, sagt der Mann. „Ich soll einen Mord begangen haben. Aber das stimmt nicht. Mein Vater hatte die Idee, dass ich mich tot stellen sollte. Ich sei an einem Fieber gestorben, behauptete er. Und jetzt werde ich aus dem Tempel fliehen – und du wirst mich nicht aufhalten, wenn dir dein Leben lieb ist.“

Du nickst schwach und lässt zu, dass der junge Kerl dich fesselt und knebelt.

Dann verschwindet er aus dem Tempel.

Rechmire findet dich am nächsten Morgen, schnürt dich wie ein Paket auf und hat natürlich eine Menge Fragen. Auch die Wachen wollen alles Mögliche wissen. Viele Antworten hast du allerdings nicht.

Der junge Mann bleibt für immer verschwunden.

Ende

Du stürmst zum Palast und alarmierst die Wachen. Rechmire wird festgenommen und ebenfalls in den Palast gebracht. Der Hauptmann der Wache zeigt dem Priester den Schatz. „Der junge Mann hier behauptet, dass er diese Sachen in deinem Haus fand, Rechmire! Was hast du dazu zu sagen?"
Ein listiges Lächeln ziert Rechmires Gesicht. „Nun, was soll ich dazu schon sagen? Ich habe diese Schmuckstücke noch nie gesehen!"
„Du lügst!", rufst du.
„Nein, du bist der Lügner!", giftet Rechmire. „Denn du bist der Dieb! Du hast die Sachen gestohlen und behauptest jetzt einfach, dass du sie bei mir gefunden hast. Vermutlich willst du mich schlechtmachen und meine Stelle ergattern!"
Du schluckst. „Das stimmt doch alles gar nicht!"
„Doch!", schreit der Priester. „Und wenn du wirklich in meinem Haus warst, dann bist du auch noch ein Einbrecher!"
Er wendet sich an die Wachen. „Ihr solltet diesen unverschämten Kerl verhaften und nicht mich!"
Und genau das geschieht jetzt.
Du hast verloren und verschwindest für immer im übelsten Gefängnis der Stadt.

Ende

„Wie kannst du es wagen, den Toten zu bestehlen?", blaffst du den Priester an.
Der schwarze Tierkopf wendet sich dir zu. Rechmire sagt nichts.
„Warum tust du das?", fragst du.
Schweigen. Die Anubis-Maske starrt dich an. Langsam kommt der Priester auf dich zu. Plötzlich hat er ein Messer in der Hand.
Du drehst dich um, willst fliehen. Dabei stolperst du über einen Stuhl und stürzt hart zu Boden.
Du schreist um Hilfe, aber es ist zu spät.
Anubis kommt über dich …

Ende

Ohne Zögern stürzt du dich auf das Räuberpack.
Zack! Schon schickst du einen der Kerle mit einem Faustschlag ins Reich der Träume. Dann zertrümmerst du einen Stuhl auf dem Rücken des nächsten – auch er geht zu Boden.
Doch es sind einfach zu viele Gegner! Und schließlich bekommst du einen Hieb auf den Kopf. Alles um dich herum wird schwarz.
Als du aufwachst, sind die Kerle mit Chephren verschwunden. Ihr sucht die Umgebung ab, doch die Täter und der Prinz bleiben verschwunden. Dafür erhaltet ihr eine Nachricht. Die Räuber haben sich mit Chephren an einem geheimen Ort verschanzt und erwarten ein hohes Lösegeld für seine Freilassung.
Traurig kehrst du mit den anderen zum Palast von Cheops zurück. Der Pharao erfüllt die Forderung der Täter und Chephren kehrt wohlbehalten nach Memphis zurück.
Aber dich, dich macht der wütende Cheops für die Entführung seines Sohnes verantwortlich – und du weißt, was das für dich bedeutet …

Ende

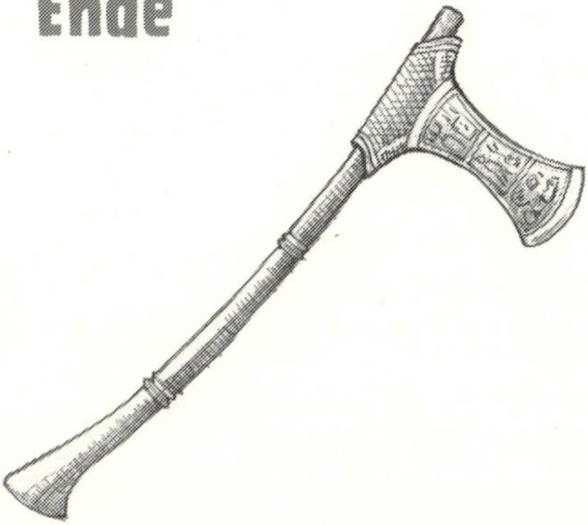

Gut, du bist dabei! Ein kräftiger Wind bläht euer Segel und sorgt dafür, dass das große Schiff gegen die Strömung ankommt. An Bord habt ihr Rinder, Schafe sowie Leinen und Papyrus. Diese Waren will Taheb eintauschen – zum Beispiel gegen Gold, wie sie dir verraten hat. Die Nubier sollen viel davon besitzen!
Langsam zieht das schöne Land an dir vorbei. Am Ufer reiht sich Dorf an Dorf. Du siehst Bauern auf ihren Weizen- und Gerste-Feldern und Fischer, die ihre Netze auswerfen. Ein Hirte treibt eine Herde Ziegen zusammen. Kinder spielen im flachen Wasser.
Du hockst unter einer großen weißen Stoffplane, die euch vor den Strahlen des Sonnengottes Re schützt. Zu tun gibt es an Bord erst einmal wenig. Doch das ändert sich, als der Wind nachlässt. Ihr müsst rudern, um voranzukommen. Ein echter Knochenjob!
Am dritten Tag eurer Reise passiert es. Euer Steuermann ist einen Moment unaufmerksam, und schon läuft das Schiff auf eine Sandbank. Es gibt einen heftigen Ruck und Taheb, die am Heck steht, wird über Bord geschleudert. Sie landet im Wasser – und zwar ganz in der Nähe einer 4000 Kilo schweren Nilpferdmutter, die ihre Jungtiere bewacht!
Schon greift die Mutter Taheb an!

**Wenn du ins Wasser springst,
um Taheb zu helfen,
lies weiter auf Seite** 68

**Wenn du an Bord bleibst,
lies weiter auf Seite** 85

„Du bist jetzt in einem Alter, in dem man Verantwortung übernehmen und etwas leisten muss“, sagt dein Vater.
Oje, das klingt wirklich sehr, sehr ernst, denkst du. Laut sagst du: „Das mach ich doch gerne!“
Dein Vater lächelt schwach. „Das freut mich zu hören. Denn du wirst jetzt einen Beruf erlernen.“
Dafür bin ich doch noch viel zu jung!, schießt es dir durch den Kopf. Du spielst gerne mit deinen Geschwistern oder den anderen Jungen aus deiner Gasse, gehst auf die Jagd oder lieferst dir mit deinen Freunden Wettrennen in euren Booten aus Schilf. Und jetzt sollst du einen Beruf erlernen? Vorbei wäre die schöne alte Zeit!
„Jetzt schon? Hat das nicht noch ein Jahr Zeit?“, fragst du.
„Nein“, sagt dein Vater hart. „Wie du weißt, verfüge ich über sehr gute Kontakte zu Pharao Cheops. Dort könnte ich dir eine Stelle besorgen. Aber es gibt noch zwei andere Möglichkeiten. Bei einem Freund von mir kannst du das Handwerk des Schreibers erlernen. Du weißt, dass das ein sehr angesehener und gut bezahlter Beruf ist. Oder du gehst zu Rechmire. Er ist ein Priester, der sich auf das Mumifizieren spezialisiert hat.“
„Aber …“, hebst du an.
„Kein Aber. Ich erwarte deine Entscheidung! Und zwar jetzt!“

**Wenn du zum Pharao willst,
lies weiter auf Seite** 9

**Wenn du zum Priester möchtest,
lies weiter auf Seite** 70

**Wenn du Schreiber werden willst,
lies weiter auf Seite** 104

Was ist, wenn Rechmire Bescheid weiß? Immerhin ist die Witwe seine Schwester! Außerdem hat sie ihm viel zu viel Geld gegeben. Vermutlich hat sie das Schweigen des Priesters erkauft!

Also machst du deine Arbeit und hältst den Schnabel. Ganz wohl ist dir natürlich nicht dabei …

Nach der Waschung kommt Rechmire mit zwei Gehilfen hinzu und ihr beginnt mit der Entnahme der Organe. Niemand sagt etwas zu der unübersehbaren Verletzung im Rücken!

Dann folgen weitere Arbeitsschritte: das Einlegen des Leichnams in eine Natronlauge, um ihn zu trocknen, und das anschließende Einreiben der Haut mit einem bestimmten Öl, damit die Haut wieder glatt und frisch aussieht. Ganz zum Schluss wird der Leichnam in Leinenbinden eingewickelt: Fertig ist die Mumie – und verschwunden sind alle Hinweise, dass es sich um einen Mord gehandelt haben könnte! Der Beamte kann nun bestattet werden.

Eine Woche später balsamiert ihr einen anderen Toten ein. Die Mumie wird mit goldenen Amuletten und dem Totenbuch geschmückt. Das alles habt ihr von den Angehörigen erhalten. Rechmire schickt dich und die anderen Helfer hinaus. Offenbar will er jetzt allein mit der Leiche sein. Aber warum?

Wenn du Rechmire heimlich beobachtest, lies weiter auf Seite 26

Wenn du Rechmire nicht beobachtest, lies weiter auf Seite 97

50

Du läufst durch das Gassengewirr zum Haus von Nofrit. Du bist fast am Ziel, als sich dir zwei muskelbepackte Kerle in den Weg stellen.

„Her mit dem Papyrus!“, herrschen sie dich an.

Du denkst gar nicht daran, wirbelst herum und willst fliehen – doch du hast leider nicht damit gerechnet, dass auch hinter dir zwei ziemlich ungemütliche Typen stehen. Beide schwingen große Keulen und du ahnst: Das ist dein

Ende

Drei der Männer haben nur leichte Quetschungen, der vierte jedoch hat einen Beinbruch erlitten. Du sorgst dafür, dass er in die Krankenstation gebracht wird. Bei Zehntausenden von Arbeitern gibt es leider immer wieder Unfälle, sodass stets mehrere Ärzte an der Pyramide sind.
Am nächsten Tag besuchst du den Mann, der sich den Bruch zugezogen hat, in der Krankenstation.
„Wie geht es dir?", fragst du.
„Ganz gut", antwortet der Mann. Er wirkt nervös.
Das macht dich stutzig. Du stellst weitere Fragen, doch der Mann wird immer einsilbiger. Offenbar hat er vor irgendetwas Angst.
„Was ist los mit dir?", willst du wissen. „Bedroht dich jemand?"
„Ich ... ich darf nichts sagen", stammelt der Verletzte.
„Lass den Mann in Ruhe", erklingt plötzlich eine Stimme. Sie gehört einem der Ärzte. Er heißt Imhotep.
„Ich rede mit ihm, solange ich möchte", stellst du klar.
Der Arzt tritt dicht an dich heran. „Manchmal ist es gut, nicht zu viele Fragen zu stellen ..."
Doch dafür bist du nicht der Typ.

Wenn du Imhotep auf den Zahn fühlst, lies weiter auf Seite 64

Wenn du den Arbeiter im Auge behältst, lies weiter auf Seite 78

Das wird schon richtig sein, denkst du dir und machst dich daran, die anderen Zutaten aufzutreiben. Bei einer Kräuterfrau wirst du ebenso fündig wie auf dem Markt. Dort gibt es einen Händler, der sich auf sehr ungewöhnliche Dinge wie Schlangenherzen spezialisiert hat.
Dann suchst du ein ruhiges Plätzchen und mixt das Zeug zusammen – genau nach Rezept.
Schließlich bist du fertig. In dem Tonbecher schwimmt eine übel riechende, giftgrüne Brühe. Und das soll dich unsterblich machen? Schwer zu glauben …

Wenn du die Brühe wegkippst,
lies weiter auf Seite **24**

Wenn du das Zeug trinkst,
lies weiter auf Seite **33**

Du schluckst die bittere Kröte – aber nur zum Schein. Denn heimlich übst du zu Hause in deiner Kammer weiter. Jede Nacht holst du deine Schreibpalette heraus: ein schmales rechteckiges Stück Holz mit einer langen Vertiefung für die Schreibbinsen und weiteren, jedoch runden Vertiefungen für die Farben. Dann malst du im Licht einer Öllampe, bis dir die Finger wehtun. Niemand kennt dein Geheimnis! Auch Innu ahnt nicht, dass du inzwischen nicht nur gut schreiben, sondern auch lesen kannst!

Eines Tages drückt Innu dir eine Papyrusrolle in die Hand. „Bring sie zu Nofrit im Hafen."

Nofrit kennst du. Die junge Frau ist berühmt dafür, bestimmte Tränke zusammenzubrauen. In den letzten Tagen war Nofrit oft bei Innu und hat ihm etwas diktiert. Und immer, wenn sie da war, hat Innu die Tür zu seinem Zimmer geschlossen …

„Beeil dich und zeige den Papyrus unterwegs niemandem!", fährt Innu fort. „Und komm nicht auf die Idee, den Text selbst zu lesen." Er stutzt und lächelt böse. „Ach, ich vergaß ja ganz, dass du gar nicht lesen kannst!"

Wenn du wüsstest!, denkst du dir. Dann läufst du mit der Schriftrolle los.

Unterwegs erwacht deine Neugier. Was wohl so Geheimnisvolles auf dem Papyrus steht?

Wenn du nachschaust,
lies weiter auf Seite **16**

Wenn du nicht wagst nachzuschauen,
lies weiter auf Seite **50**

Du jagst nach Hause und alarmierst deinen Vater. Sofort eilt er mit dir in den Palast und kümmert sich um Merititis. Er verabreicht ihr ein Gegengift und sorgt dafür, dass die Königin in ein Zimmer gebracht wird, wo sie Ruhe hat.
Pharao Cheops stürzt herbei. Auch Chephren, der Sohn der beiden, kommt hinzu.
„Ich werde ihr alle zwei Stunden etwas von dem Gegengift geben", sagt dein Vater. Du darfst neben ihm am Bett der schönen Königin wachen.
Natürlich rätselt ihr, wer ein Interesse daran haben könnte, Merititis zu töten. In diesem Zusammenhang berichtest du Cheops von der verdächtigen Frau.
Der Pharao lässt nach ihr fahnden, aber die Suche verläuft ergebnislos.
Immerhin geht es Merititis nach ein paar Tagen wieder gut – und das ist die Hauptsache. Dank der Künste deines Vaters überlebt die Königin den Anschlag.
Doch wer dahintersteckte, das bleibt ein Geheimnis.

Ende

Noch nie bist du so schnell gerannt – doch es nützt dir und
56 den anderen nichts! Die Wachen umzingeln und schnappen
euch.

Dann werdet ihr zurück in das Gefängnis geschleift.

Diesmal kommt ihr in ein noch finstereres Loch, das dummerweise absolut ausbruchssicher ist.

Du siehst das Licht der Sonne nie wieder.

Ende

Im Gasthaus „Zum Nilpferd" ist es proppenvoll. Du fällst nicht weiter auf. Auch Imhotep, der an einem Tisch sitzt und Senet spielt, bemerkt dich nicht. Unauffällig beobachtest du ihn und siehst, dass der Arzt heute wieder eine Pechsträhne hat. Als er am späten Abend alles verloren hat, verlässt er das Gasthaus. Du folgst ihm.

Imhotep eilt zu einem Haus im Nordteil der Stadt und klopft dort an. Eine Tür geht auf. Dort steht ein Mann, den du auf der Baustelle täglich siehst: Es handelt sich um einen Vorarbeiter namens Paheri, der als sehr ehrgeizig gilt.

Imhotep beklagt sein Pech im Spiel. Da gibt Paheri ihm einen kleinen Beutel, in dem es klimpert. Strahlend rennt Imhotep zurück zum Gasthaus. Du denkst scharf nach. Wofür hat Imhotep das Geld bekommen? Steckt er hinter der Sabotage auf der Baustelle – und zwar im Auftrag von Paheri?

Noch in derselben Nacht alarmierst du den Baumeister Hemiunu und erzählst ihm von deinem Verdacht.

Hemiunu schaltet Pharao Cheops ein. Paheri und Imhotep werden verhört. Der Arzt gesteht wegen deiner Zeugenaussage, dass er hinter den Anschlägen steckt und auch das Essen der Arbeiter vergiftet hat.

„Ich habe im Auftrag von Paheri gehandelt. Er wollte erreichen, dass Hemiunu seine Stelle verliert und er selbst an seine Stelle rücken kann", sagt der Arzt. „Paheri hält sich für den besseren Baumeister."

Die Männer verschwinden im Gefängnis. Und du bekommst ein Sonderlob vom Pharao und natürlich auch von Hemiunu, der dich sofort zu seinem persönlichen Assistenten befördert!

Ende

Mutig stürzt du dich auf deine Mitschüler – doch dann erlebst du eine Überraschung. Die beiden machen gar keine Anstalten, dich zu verhauen!
„Wir verprügeln keinen Kollegen“, sagt der eine Schüler zu Innu.
„Genau, außerdem finden wir es ungerecht, wie du ihn behandelst“, sagt der andere.
Der Meister tobt. „Das ist ja ein richtiger Aufstand! Ich werde euch alle rausschmeißen.“
„Tu, was du nicht lassen kannst“, sagt einer der Schüler. „Aber bedenke, dass du die anfallende Arbeit niemals allein erledigen kannst.“
Da wird Innu ganz still, was dich mächtig freut. Euer Lehrmeister scheint nachzudenken.
„Na gut“, sagt er schließlich. „Ihr dürft bleiben. Geht an die Arbeit, los!“
Nun wirst du erneut mutig. „Nur, wenn du uns gerecht behandelst und nicht wie den letzten Dreck“, sagst du.
Innu wird wieder wütend, das siehst du ihm genau an. Doch er gibt wieder klein bei und verspricht, euch künftig fair zu behandeln.
Innu hält sein Wort. Du genießt ab jetzt eine wundervolle Lehrzeit und wirst ein gut bezahlter Schreiber.

Ende

Das Seil ist ziemlich genau in der Mitte durchgerissen. Aber es wirkt weder alt noch verschlissen.
Wieso ist es dann kaputtgegangen?, überlegst du.
In diesem Moment fällt dir etwas auf. Wenn ein dicker Strick wie dieser reißt, dann ist er in der Regel ausgefasert. Das ist hier jedoch nicht der Fall …
Du schaust noch genauer hin und hast plötzlich einen Verdacht: Wurde das Seil heimlich ein Stück weit eingeschnitten und hat dann beim Ziehen irgendwann der Belastung nicht mehr standgehalten?
Ja!, denkst du. So könnte es gewesen sein. Dann war es also Sabotage, genau wie Hemiunu es vermutet!
Aber wer steckt dahinter? Einer der Arbeiter oder der Seilmacher?

Wenn du ermittelst, wer heute Morgen das Seil am Stein befestigt hat, lies weiter auf Seite 29

Wenn du prüfst, wer das Seil hergestellt hat, lies weiter auf Seite 80

„Hemiunu!", gellt deine Stimme.
„Halt den Mund!", blafft der Riese dich an.
Aber du denkst gar nicht daran und rufst weiter um Hilfe.
Da schließt sich eine riesige Hand über deinem Mund und lässt dich verstummen. Man packt und fesselt dich. Dann wirst du in einen Sack gesteckt, auf einen Karren gehoben und zum nahen Nil gebracht. Man verlädt dich auf ein großes Boot, ohne dass der Kapitän es bemerkt. Wenig später legt das Schiff ab und fährt in Richtung Mittelmeer.
Der Riese und seine Freunde stehen am Ufer und winken dem Boot – und dir – hinterher.

Ende

Du hast damit gerechnet, dass die Wachen die Giftmischerin aus dem Palast führen. Doch das war ein Irrtum. Die kleine Frau wird in einen Flügel des riesigen Gebäudekomplexes geschafft, wie du feststellst, als du dem Trio auf leisen Sohlen folgst. Hier haben die Nebenfrauen des Pharao ihre Gemächer. Doch die kleine Frau gehört nicht zu diesen Damen, sie gehört in die Küche! Da bist du dir ganz sicher!

Was wird hier gespielt?

Mit klopfendem Herzen gehst du hinter einer großen Vase in Deckung und beobachtest, wie die Soldaten mit der Frau durch eine Tür gehen. Kurz darauf erscheinen die Männer wieder und verschwinden – ohne die Täterin.

Wenn du auf deinem Posten bleibst,
lies weiter auf Seite 31

Wenn du an der Tür lauschst,
lies weiter auf Seite 96

Wenn der Prinz das Krokodil erst einmal direkt vor der Nase hat, dann wird er fliehen, denkst du dir. Also schleicht ihr aus dem Palast und rennt zum Nil. Ihr braucht nicht lange zu suchen, schon seht ihr ein Krokodil, das im Schilf auf der Lauer liegt.

Chephren ruft Sobek an, den Gott der Krokodile, und bittet ihn um Unterstützung. Dann wagt er sich doch tatsächlich mit seinem Messer ins Wasser! Ist er wahnsinnig? Die Chance, das fast fünf Meter lange Tier zu besiegen, ist äußerst gering!

„Oh nein, Herr, das ist keine gute Idee!“, rufst du, aber Chephren hört nicht auf dich.

Das Tier gleitet aus dem Schilf. Dir muss etwas einfallen – und zwar schnell!

Nun ist das Krokodil nur noch wenige Meter vom Prinzen entfernt. Der junge Mann hebt das Messer.

Da springst auch du todesmutig ins Wasser und lenkst das Tier ab. Es nimmt nun dich ins Visier! Fein, vermutlich hast du Chephren das Leben gerettet, verlierst aber das eigene. Verzweifelt schwimmst du. Schon schnappt das Krokodil nach dir! Du tauchst, schlägst unter Wasser einen Haken, tauchst wieder auf – und hast den Jäger abgehängt! Prustend gelangst du ans Ufer, das Krokodil verschwindet in den braunen Fluten.

Chephren ist enttäuscht. „Du hast mir den Spaß verdorben!“

„Nein, denn ich werde allen erzählen, dass du das Krokodil besiegt hast“, versprichst du.

Da lächelt Chephren. „Du bist ein wahrer Freund!“

Ende

Ein seltsamer Vogel, dieser Arzt namens Imhotep. Hat er etwas zu verbergen? Warum will er nicht, dass du Fragen stellst? Du nimmst dir vor, mehr über den Mann in Erfahrung zu bringen. Gleich heute Abend willst du deinen Vater fragen. Der ist schließlich auch Arzt und weiß vielleicht etwas über diesen Imhotep.

Den Rest des Tages verbringst du auf der Baustelle. Gegen Mittag ereignet sich der nächste Zwischenfall. Nach dem Genuss einer kräftigen Suppe, die an alle Arbeiter ausgegeben wurde, erkranken viele der Männer und fallen aus. Baumeister Hemiunu hat den Verdacht, dass jemand nachgeholfen hat. Aber das lässt sich nicht beweisen.

Kurz vor Feierabend passiert erneut ein schlimmer Unfall! Ein mit Baumaterial schwer beladener Wagen stürzt ganz unten auf der Rampe um. Diesmal gibt es zwar keine Verletzten, aber die Rampe wird schwer beschädigt. Sie muss erst ausgebessert werden, ehe die Arbeiten fortgesetzt werden können. Das bedeutet weitere Verzögerungen. Hemiunu ist verzweifelt.

Wenn du dir den Wagen näher anschaust,
lies weiter auf Seite **25**

Wenn du zu deinem Vater eilst,
lies weiter auf Seite **98**

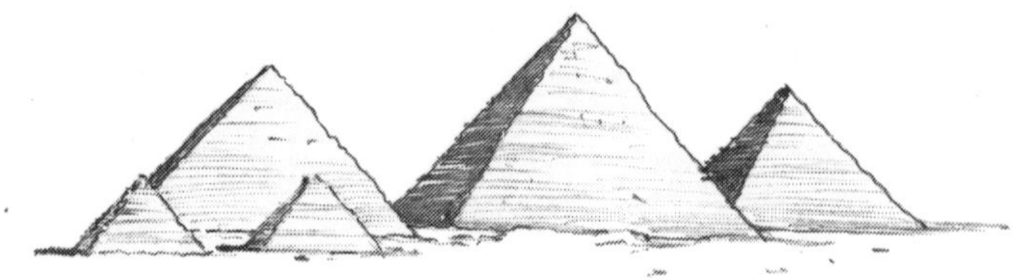

Spät in der Nacht sind die Feuer heruntergebrannt. Nur eine Wache steht vor dem Zelt, in dem Chephren festgehalten wird. Du robbst durch den Sand an das Versteck heran. Jetzt hast du die Rückseite des Zeltes erreicht. Du zückst dein Messer und schneidest den Stoff auf. Als du gerade in das Zelt schlüpfen willst, um Chephren zu holen, taucht ein Wachtposten auf.
Du reagierst blitzschnell: Bevor er Alarm schlagen kann, trifft ihn deine Faust am Kinn. Der Mistkerl sackt bewusstlos zusammen. Jetzt aber schnell!
Du weckst den Prinzen. Gemeinsam stürmt ihr aus dem Zelt. Dann führst du Chephren zu deinem Pferd und ihr klettert auf dessen Rücken. Da ist lautes Geschrei zu hören.
Mist! Chephrens Flucht ist bemerkt worden! Schon surren die ersten Pfeile durch die Nacht – und die gelten euch!
Du treibst deinen Hengst zu einer wahren Höchstleistung an. Seine Hufe trommeln in einem wahnwitzigen Tempo über den Wüstensand. Euch gelingt die Flucht im Pfeilhagel.
Chephren dankt dir aus tiefstem Herzen. „Das hat irgendwie richtig Spaß gemacht!“, ruft er, als ihr in Sicherheit seid.
Spaß? Nun ja, denkst du. Aber Hauptsache, Chephren ist nichts passiert!

Ende

Du wartest, bis Rechmire das Haus wieder verlässt, und klopfst an. Aber niemand öffnet. Sehr gut, denkst du dir, denn es hätte ja sein können, dass Rechmire Diener hat.
Dann umrundest du das Haus. Über einen Hinterhof gelangst du zur Rückseite des Gebäudes. Eine Treppe führt hinunter in den Keller, wo Rechmire vermutlich Nahrungsmittel lagert. Das tun viele Menschen in Memphis, denn da unten ist es vergleichsweise kühl.
Aber vielleicht hat der Priester dort auch das Diebesgut versteckt!

Du wirfst einen Blick über die Schulter. Niemand zu sehen!
Mit klopfendem Herzen schleichst du die Treppe hinunter. Die Tür ist alt und morsch und leistet dir kaum Widerstand. Bei Amun, jetzt bist du zum Einbrecher geworden! Aber wenn es dir gelingt, den diebischen Priester zu überführen, dann war es das wert!
Tatsächlich siehst du im Halbdunkel Säcke, Körbe und Krüge mit Nahrungsmitteln. Hinten ist noch eine Tür. Vorsichtig ziehst du sie auf. Deine Knie werden weich. Hinter der Tür liegt ein düsterer Raum. Auf den pechschwarzen Wänden prangen magische Symbole in blutroter Farbe. Es riecht süßlich nach Verwesung. Fliegen surren. Was ist das nur für ein Reich des Schreckens?

Wenn du hineingehst,
lies weiter auf Seite **35**

Wenn du umkehrst,
lies weiter auf Seite **76**

Es gelingt dir, Taheb und die anderen dazu zu überreden, nach Hause aufzubrechen.
Diesmal fährt euer reich beladenes Schiff flussabwärts und ihr seid viel schneller als auf dem Hinweg.
Nach vielen Tagen an Bord erreicht ihr eure Heimat Memphis. Taheb verkauft die Waren mit einem enormen Gewinn und gibt jedem aus der Mannschaft wie versprochen einen Teil ab. Als reicher Mann kehrst du zu deinen Eltern zurück. Die beiden haben sich wahnsinnige Sorgen um dich gemacht und schon geglaubt, dass dir etwas zugestoßen ist.
Aber nun, nun ist alles gut. Glücklich fällst du ihnen in die Arme.

Ende

Platsch! Schon bist du im Nil.
68 Taheb ruft um Hilfe. Offenbar kann sie nicht schwimmen! Und dann wäre da ja auch noch die ziemlich gereizte, knapp fünf Meter lange Nilpferdmutter mit den riesigen Eckzähnen …
Du erreichst die Händlerin vor dem Tier. Sie klammert sich schreiend an dich.
Mit letzter Kraft ziehst du Taheb zurück zum Schiff. Hände strecken sich euch entgegen.
Aber ihr seid leider zu langsam. Anders ausgedrückt: Das Nilpferd ist schneller. Und du weißt: Das ist das

Ende

Chephren nimmt deinen Rat an.
Wochenlang streift ihr durch die glühende Wüste. Hunger und Durst quälen euch. Aber noch viel schlimmer ist, dass ihr keine Spur der räuberischen Beduinen findet. Irgendwann seid ihr alle völlig erschöpft.
„Wir hätten von Anfang an nach Fayum ziehen sollen!", flucht Chephren. „Aber jetzt ist es dafür zu spät. Unsere Pferde sind am Ende. Wir müssen nach Memphis zurück."
Er wirft dir einen wütenden Blick zu. „Hätte ich doch nur nicht auf dich gehört!"
Eure Räuberjagd in den Dünen ist also ein kompletter Fehlschlag. Chephren macht dich dafür verantwortlich – und du hast einen Freund weniger, was dich sehr traurig macht.

Ende

Mumifizieren – das klingt doch spannend! Seit jeher gelten die Priester als geheimnisumwittert. Und als reich, denn eine anständige Mumifizierung ist sehr, sehr teuer.
Dein neuer Herr Rechmire ist ein alter, kleiner Mann, der immer leicht vornübergebeugt geht. Sein Blick ist düster, seine Laune meistens schlecht. Aber er gilt als Meister seines Fachs und bringt dir in den kommenden Monaten eine Menge bei. Zum Beispiel, wie man die inneren Organe des Toten entfernt und den Leichnam nach dem Trocknen mit Binden einwickelt. Eines Tages wird der Leichnam eines reichen Beamten in euren Tempel am Nil gebracht. Der Tempel ist Anubis, dem Gott der Einbalsamierer, geweiht.
„Sein Herz hat heute Morgen einfach aufgehört zu schlagen", schluchzt seine Witwe, die Schwester von Rechmire. Sie gibt ihm einen ungewöhnlich großen Geldbetrag, damit er ihren Mann mumifiziert.
Du bekommst den Auftrag, den Toten erst einmal zu waschen. Dabei fällt dir auf, dass der arme Mann eine Stichverletzung im Rücken hat. Hat die Witwe also gelogen? War es gar kein Herzschlag, sondern ein Mord? Soll die Tat durch die Mumifizierung vertuscht werden?

Wenn du Rechmire alarmierst,
lies weiter auf Seite **15**

Wenn du den Mund hältst,
lies weiter auf Seite **49**

Du wartest eine geschlagene Stunde. Dabei grübelst du über das geheimnisvolle Schriftstück nach. Bestimmt hat es einen sehr hohen Wert. Wenn du es verkaufst, wärst du garantiert ein gemachter Mann!
Du könntest natürlich auch den Trank zusammenbrauen und bei dir selbst ausprobieren. Unsterblich zu sein, das wäre doch etwas!

**Wenn du versuchst,
das Rezept zu verkaufen,
lies weiter auf Seite** **93**

**Wenn du den Trank selbst
zusammenbrauen willst,
lies weiter auf Seite** **113**

72

„Also gut, warum nicht?“, entgegnest du kühn, auch wenn dir das Herz bis zum Hals schlägt.
„Dann wirst du gleich die Reise ins Reich von Osiris antreten“, kündigt der Kerl an. Die anderen bilden einen Ring um euch.
Schon schlägt der Riese nach dir. Aber du bist flink, du weichst dem Hieb aus. Wieder und wieder versucht dein Gegner dich zu treffen. Doch ein ums andere Mal gelingt es dir, dich zu ducken. Leichtfüßig tänzelst du um den schwerfälligen Arbeiter herum.
„Bleib endlich stehen, damit ich dich treffen kann“, keucht er. Aber du hast eine ganz andere Taktik gewählt. Und als der Riese wieder auf dich zuwalzt, tauchst du unter seinem rechten Schwinger hindurch und stellst dem Kerl ein Bein.
Er kracht in den Wüstensand. Mühsam rappelt er sich auf und stampft auf dich zu. Seine Augen funkeln. Er wirft sich auf dich.
Blitzschnell lässt du dich nach hinten auf den Rücken fallen und ziehst die Beine an den Körper. Dann drückst du die Beine ruckartig durch und beförderst den Kerl über deinen Kopf hinweg ein zweites Mal in den Sand.
Diesmal bleibt er benommen liegen, der Kampf ist entschieden.
„Noch jemand?“, fragst du in die Runde. Niemand meldet sich.
„Fein“, sagst du. Ab sofort stellt dich niemand mehr infrage. Es gelingt dir, die Arbeit auf der Baustelle optimal zu organisieren. Hemiunu und sogar Pharao Cheops loben dich!

Ende

Einer der Männer ist schon wieder einigermaßen bei Sinnen. „Wieso habt ihr diese Frau nicht zum Pharao gebracht?“, willst du wissen.
Der Soldat zuckt nur mit den Schultern. „Befehl von Kawit! Wir tun nur das, was man uns sagt.“
„Und was solltet ihr hier mit der Frau machen?“
„Sie im Nil verschwinden lassen.“
„Aber warum?“
Wieder zuckt der Mann nur mit den Schultern.
Du denkst scharf nach. Irgendwie hat Kawit mit dem Giftanschlag etwas zu tun. War sie die Auftraggeberin?
Ja, glaubst du, so wird es gewesen sein. Vielleicht wollte sie die Rivalin Merititis aus dem Weg räumen …
Aber das kannst du nicht beweisen, denn die einzige mögliche Zeugin – die kleine Frau aus der Küche – bleibt verschwunden. Die Tat wird niemals aufgeklärt.
Immerhin überlebt die schöne Königin Merititis den feigen Anschlag.

Ende

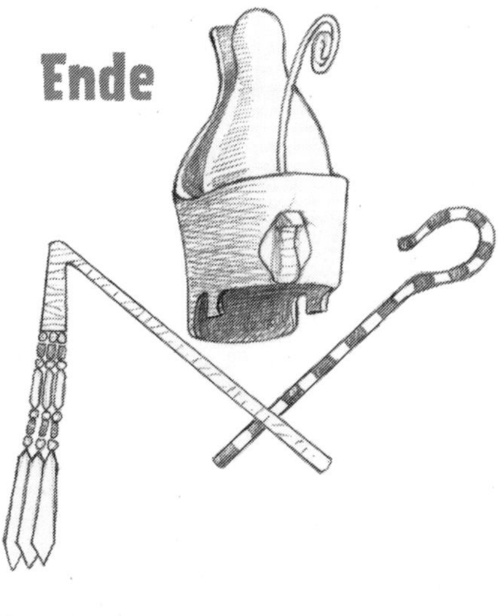

Du schnappst dir einen der an der Luft getrockneten Ziegelsteine aus Nilschlamm, die auf dem Dach herumliegen. Mit diesen Steinen werden überall in Memphis die Häuser gebaut. Sie können aber auch eine wunderbare Waffe sein!
Peng! Schon hast du den Stein dem ersten Verfolger, der gerade die Treppe hinaufläuft, an den Kopf geworfen. Der Mann brüllt auf, lässt sich aber nicht stoppen. Dann eben noch ein Stein – es sind ja genug da.
Dong! Wieder ein Volltreffer! Diesmal sackt der Soldat zusammen. Doch der andere Verfolger lässt sich nicht abschrecken. Er klettert über seinen bewusstlosen Partner. Du wirfst erneut einen Stein, verfehlst den Mann aber.
Gleich ist er oben! Da packst du eine Holzlatte und schleuderst sie dem Mann zwischen die Beine. Prompt gerät der Kerl aus dem Gleichgewicht und kippt die Treppe hinunter.
Zwei zu null für dich!
Im Schutz der Dunkelheit kannst du von dem Dach fliehen und nach Hause schleichen. Deine Familie versteckt dich ein paar Tage. Dann reist du unter falschem Namen ins weit entfernte Theben, wo du ein neues Leben beginnst – und ein äußerst erfolgreicher Koch wirst!

Ende

76 Du willst die Treppe hinaufrennen. Doch da legt sich ein Schatten über die Stufen.
Rechmire! Er ist viel früher zurückgekehrt, als du gedacht hast.
Du willst eine Entschuldigung stammeln, doch der Priester lässt dich gar nicht erst zu Wort kommen. Mit einem Messer in der Hand treibt er dich in den Raum des Schreckens, aus dem es kein Entrinnen für dich gibt.

Ende

Chephren erzählt seinem Vater, dem Pharao, dass er einen mehrtägigen Jagdausflug machen will. Begleitet von schwer bewaffneten Leibwächtern macht ihr euch auf den Weg in Richtung Osten. Chephrens Ziel ist Qadesh, eine wichtige Stadt der Hethiter an der Grenze.

Unterwegs weiht der Prinz die Soldaten in seine tatsächlichen Pläne ein. Sie sind wie du nicht sehr begeistert, gehorchen aber.

Nach einigen Tagen schleicht ihr euch nachts über die Grenze. Nun seid ihr im Feindesland. Ihr versteckt euch tagsüber und reitet nur nachts, um euch heimlich der Stadt zu nähern. Dort hofft Chephren, eine Prinzessin entführen zu können. Was für ein aberwitziger Plan! Und wenn etwas schiefgeht, verlierst du deinen Kopf!

Doch da geschieht es: Plötzlich seid ihr von bewaffneten Hethitern umzingelt, die Tücher vor dem Gesicht tragen als Schutz gegen den Sand. Sie fordern euch auf, die Waffen zu strecken – und sie sind in der Überzahl …

Wenn du gehorchst,
lies weiter auf Seite 82

Wenn du deine Streitaxt zückst,
lies weiter auf Seite 89

Du wartest, bis der Mann die Krankenstation verlassen kann. Dann gehst du zu seinem Haus.
Der Arbeiter ist wenig begeistert, dich zu sehen.
„Ich habe alles gesagt, was ich weiß“, begrüßt er dich vor der Tür.
„Das war wahrlich nicht viel“, entgegnest du und beschließt, aufs Ganze zu gehen. „Aber ich glaube, dass du mir etwas verschweigst. Ich kann auch mit den Wachen wiederkommen und dich verhaften lassen. Mal sehen, ob du dann gesprächiger bist.“
Da bittet der Mann dich herein.
„Es ist doch kein Zufall gewesen, dass das Seil gerissen ist, oder?“, kommst du gleich zur Sache.
Der Arbeiter druckst herum. „Man hört so einiges auf der Baustelle … Zum Beispiel, dass ein Saboteur am Werk ist. Ich vermutete, dass der Kerl dem Baumeister schaden will!“
„Wer könnte das sein?“, willst du wissen.
In diesem Moment fliegt die Tür auf. Ein Trupp vermummter Gestalten stürmt herein und ringt euch nieder.
„Wir haben dich beobachtet, Schnüffler!“, zischt einer der Angreifer in dein Ohr. „Und wir sind dir gefolgt. Aber jetzt ist es vorbei mit den Fragen.“
Die Kerle schleppen dich in die Wüste und setzen dich dort mit dem Arbeiter aus. Es gibt kein Entrinnen, ihr seid verloren …

Ende

„He, was stehst du da rum?", erklingt eine Stimme.
Du drehst dich um.
Eine junge Frau steht vor dir. „Du siehst kräftig aus. Willst du auf meinem Schiff anheuern?"
Du zuckst mit den Schultern.
„Ich bin Taheb, mir gehört dieses Schiff", sagt die Frau und deutet auf einen großen Frachtsegler mit einem mächtigen Mast. „Ich kann noch Leute brauchen, die mit anpacken. Ich zahle gut."
Du wirst neugierig. „Wohin soll die Reise gehen?"
„Nilaufwärts bis nach Nubien. Ich will mit den dortigen Völkern Handel treiben", sagt Taheb. „Wir können reich werden. Andererseits kann die Reise aber auch ziemlich gefährlich werden …"

Wenn du nicht auf dem Schiff anheuerst,
lies weiter auf Seite **8**

Wenn du anheuerst,
lies weiter auf Seite **46**

Der Seilmacher hat seine Werkstatt auf dem Gelände der Baustelle. Sie besteht aus einem großen Zelt, das den Mann vor dem ewigen Wind schützt.

Er empfängt dich zunächst freundlich. Aber als du deine Fragen stellst, verfinstert sich seine Miene.

„Jemand hat an dem Seil herumgepfuscht", sagst du. „Doch der infrage kommende Täterkreis ist nicht allzu groß. Denn nur wenige Personen hatten das Seil überhaupt in den Händen. Du gehörst zu diesen Leuten …"

„Na und?", blafft der Handwerker dich an. „Ich habe das Seil nicht eingeschnitten!"

„Ha!", triumphierst du. „Von Einschneiden hatte ich doch gar nichts gesagt!"

Der Mann wird blass. Offenbar hat er erkannt, dass du ihn überführt hast.

„Warum hast du das getan?", willst du wissen.

Der Handwerker schweigt.

„Na gut, dann hole ich jetzt Hemiunu!", kündigst du an. „Er wird dich schon zum Sprechen bringen."

Du drehst dem Seilmacher den Rücken zu, um das Zelt zu verlassen.

Ein Fehler, denn der Kerl springt dich von hinten an und schlingt dir ein Seil um den Hals.

Ende

Am nächsten Morgen setzt ihr die Reise fort. Ein steter Wind bringt euch bis zur Grenze nach Nubien. Dort legt ihr in einer Hafenstadt an. Ihr lasst eine Wache an Bord zurück, dann besuchst du mit Taheb einen Markt.

Dir gehen die Augen über: Alles gibt es hier im Überfluss – ob seltene Gewürze, Schmuck oder feine Stoffe. Aber auch Gold und Weihrauch, der in den ägyptischen Tempeln sehr begehrt ist, ist hier reichlich im Angebot.

Taheb holt ihre Waren von Bord und beginnt zu handeln. Dabei stellt sie sich äußerst geschickt an. Am Abend ist euer Schiff beladen mit Waren, um die man sich in Memphis reißen wird. Beim Verkauf des Goldes und des Weihrauchs in eurer Heimat wird Taheb bestimmt einen großen Gewinn einstreichen – und ihr werdet daran beteiligt, verspricht sie.

„Das muss gefeiert werden!“, ruft Taheb. „Lasst uns in ein Gasthaus gehen!“ Sie schaut dich an. „Oder hast du etwas dagegen?“

Du bist dir nicht sicher. Immerhin seid ihr hier in einer fremden Stadt ... Wem darf man trauen und wem nicht? Vielleicht wäre es klüger, schnell wieder nach Memphis zu segeln. Oder bist du jetzt übervorsichtig und solltest lieber feiern?

**Wenn du darauf drängst,
nach Hause zu segeln,
lies weiter auf Seite** **67**

**Wenn du mit ins Gasthaus gehst,
lies weiter auf Seite** **110**

Du lässt deine schwere Streitaxt in den Sand fallen. Chephren zögert kurz, dann gibt auch er seine Waffen ab und befiehlt seiner Leibwache, dasselbe zu tun.
„So ist es brav“, erklingt die helle Stimme eines vermummten Hethiters. Nun zieht er das Tuch vom Gesicht.
Du traust deinen Augen nicht: Es handelt sich nicht um einen Mann, sondern um eine bildschöne junge Frau!
„Mein Name ist Sari“, sagt sie kühl. „Ich bin die Tochter von König Tudhalija.“
Deine Kinnlade klappt hinunter. Sari ist eine Hethiter-Prinzessin!
„Und ihr, wer seid ihr?“, will sie wissen.
Chephren schaut kurz zu dir und nickt dir zu. Offenbar sollst du das Gespräch führen. Vielleicht hat er Angst, dass Sari erfährt, dass er der Sohn von Pharao Cheops ist. Dann hätte sie eine wertvolle Geisel …

**Wenn du lügst,
lies weiter auf Seite 36**

**Wenn du eure wahren Namen nennst,
lies weiter auf Seite 99**

Nach einem Tagesritt erreicht ihr abends die Oasenstadt. Sofort durchkämmt ihr Fayum auf der Suche nach den Räubern. Doch ihr findet keine Verdächtigen. Immerhin erfahrt ihr, dass die Kerle irgendwo in der Nähe ein Zeltlager aufgeschlagen haben. Chephren ordnet an, am nächsten Morgen weiterzusuchen. Ihr bezieht ein einfaches Quartier.
Mitten in der Nacht wirst du durch ein Poltern aus dem Schlaf gerissen. Du stürzt zur Kammer des Prinzen und bekommst einen Mordsschreck: Chephren wird gerade von vermummten Gestalten entführt! Bestimmt handelt es sich um Räuber, die auf ein Lösegeld scharf sind!

Wenn du versuchst herauszufinden, wohin die Kerle den Prinzen verschleppen, lies weiter auf Seite 22

Wenn du Chephren verteidigt, lies weiter auf Seite 45

Taheb prustet und strampelt im Wasser. Sie kämpft sich zum Boot zurück. Gleich hat sie es erreicht! Doch das Nilpferd kommt rasch näher. Gleich wird das Tier die Händlerin packen!

Da schnappst du dir eines der langen Ruder und prügelst damit auf das Nilpferd ein. Das Tier wird wütend und verbeißt sich im Ruder – es zerrt daran, und fast wärst du ebenfalls über Bord gegangen. Mühsam bleibst du auf den Beinen und setzt das Tauziehen mit dem Tier fort.

In der Zwischenzeit hat Taheb das Schiff erreicht. Man zieht sie zurück auf die sicheren Planken.

Das Nilpferd reißt dir das Ruder aus den Händen und verschwindet damit im nahen Schilfgürtel.

Taheb dankt dir tausend Mal dafür, dass du das Tier abgelenkt hast. Ihr bekommt das große Boot wieder flott und setzt die Fahrt fort. Als es dunkel wird, stellt sich die Frage, ob ihr im Nil ankert oder ob ihr eine Bucht ansteuert.

Wenn du für den Nil bist,
lies weiter auf Seite **81**

Wenn du für die Bucht bist,
lies weiter auf Seite **88**

Man pfercht euch alle zusammen in ein dunkles, gemauertes Verlies mit einem winzigen, vergitterten Fenster. Dreckiges Stroh liegt auf dem Boden.

Einer nach dem anderen werdet ihr verhört. Auch du bist irgendwann dran. Natürlich beteuerst du deine Unschuld. Aber man glaubt dir nicht, weil alle sagen, dass sie mit dem Giftanschlag nichts zu tun haben.

Das gesamte Küchenpersonal wird zum Tode verurteilt. In drei Tagen sollen die Urteile vollstreckt werden.

Traurig wartest du auf deinen letzten Tag. Wenigstens dürfen deine Eltern dich besuchen. Dein Vater erzählt dir, dass es Merititis besser geht, nachdem er ihr ein Gegengift gegeben hat. Sie wird überleben. In einem unbeobachteten Moment steckt dir dein Vater eine Metallstange zu, die du sofort unter deinem Gewand verschwinden lässt.

In der folgenden Nacht beginnst du mit Menui, die Steinwand zu bearbeiten. Mithilfe der Stange könnt ihr ein Loch in die Wand stemmen. Einer nach dem anderen schlüpft ihr aus dem Gefängnis in die warme Nacht.

Doch prompt sieht euch ein Wächter und schlägt Alarm. Ein Teil der Ausbrecher rennt die Gasse hinunter. Du könntest aber auch über eine Treppe auf das Dach eines Hauses gelangen.

Wenn du den anderen in die Gasse folgst,
lies weiter auf Seite **56**

Wenn du dich für das Dach entscheidest,
lies weiter auf Seite **112**

Du hetzt über das Flachdach, bis du an der Kante stehst. Unter dir ist eine Gasse. Ein Blick zurück. Die Verfolger kommen näher!
Du hast keine andere Wahl. Du nimmst zwei Meter Anlauf und springst. Gekonnt landest du auf dem gegenüberliegenden Dach und rollst dich ab. Aber die Männer geben nicht auf: Auch ihnen gelingt der Sprung!
Also geht die Jagd über die Dächer von Memphis weiter. Wieder und wieder springst du über Gassen und andere Hindernisse. Doch die Wachsoldaten lassen nicht locker.
Und du, du wirst immer müder. Schließlich stehst du völlig ausgepumpt wieder an einer dieser Dachkanten – doch diesmal ist die Gasse, die du zu überwinden hast, deutlich breiter als die anderen.
Du mobilisierst deine letzten Kräfte und springst.
Leider zu kurz …
Schreiend stürzt du in die Tiefe.

Ende

Ihr findet eine seichte Bucht und geht dort vor Anker. Am Ufer schlagt ihr euer Nachtlager auf. Früh legt ihr euch schlafen, denn morgen steht bestimmt wieder ein anstrengender Tag an.

Doch die Nachtruhe ist nur von kurzer Dauer.

Eine Räuberbande überfällt euch! Ihr wehrt euch verzweifelt, habt aber gegen diese Übermacht keine Chance. Die Räuber stehlen eure kompletten Waren und verschwinden mit der Beute in der Wüste.

Und ihr? Ihr müsst auf eurem leeren Schiff wieder nach Memphis zurückkehren …

Ende

Mit einem Kampfschrei stürzt du dich auf den nächstbesten Hethiter. Chephren und die anderen Ägypter folgen deinem Beispiel. Eure Feinde zücken ebenfalls die Waffen. Äxte und Keulen werden geschwungen, Schwerter klirren, Pfeile surren. Schreie gellen durch die Wüste. Der Kampf wogt hin und her, aber ihr seid hoffnungslos unterlegen.

Wenigstens gelingt es dir, Chephren den Rücken frei zu halten. Ihm gelingt die Flucht, er ist in Sicherheit. Auch du willst dich auf dein treues Pferd schwingen, doch da trifft dich ein Pfeil.

Dir wird schwarz vor Augen und du weißt: Das ist das

Ende

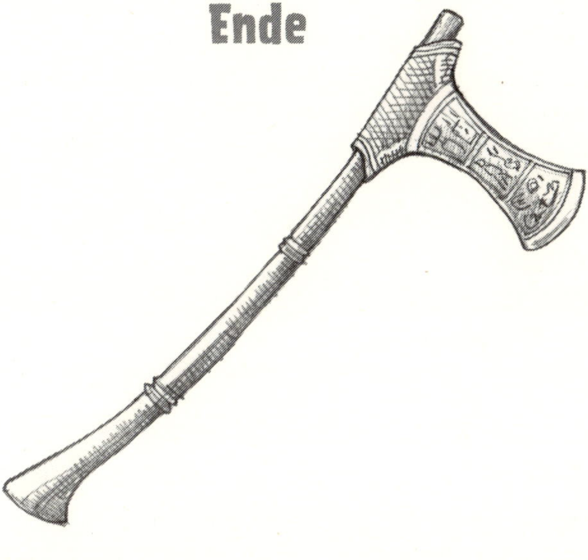

90

Du betrittst das angrenzende Zimmer – und erschrickst. Nofrit sitzt kichernd mitten auf einem breiten Tisch, der mit allen möglichen Gefäßen beladen ist: Krüge, Schalen, Töpfchen. Aus manchen steigt Qualm auf. Ein langer Wurm windet sich zwischen den Behältnissen. Nofrits Haare stehen wirr in alle Richtungen. Jetzt fällt ihr Blick auf dich. Ihr Zeigefinger deutet auf dich.

„Komm nur her", verlangt sie mit brüchiger Stimme.

Herkommen? Bloß nicht! Du wirfst Nofrit die Schriftrolle zu und willst verschwinden. Dabei nickst du ihr kurz zu und erwiderst ihren Blick – und schon hindert dich irgendein Zauber daran, das Zimmer zu verlassen! Noch schlimmer: Du wirst von der Frau magisch angezogen, eine unheimliche Macht zwingt dich, zu ihr zu gehen.

„Und jetzt werden wir beiden die schönen Sachen hier auf dem Tisch alle miteinander probieren", sagt Nofrit und kichert wieder auf ihre irre Art.

„Niemals!", schreist du.

Aber die Frau hat die Kontrolle über dich, du kannst ihr nicht entrinnen.

Wohl bekomm's!

Ende

Der Pharao ist ein großer Mann. Auf seinem Kopf ruht eine hohe, kegelförmige Doppelkrone in den Farben Rot und Weiß, deren Stirnseite mit einer goldenen Kobra verziert ist. Eine rechteckige Platte aus purem Gold, die mit Smaragden geschmückt ist, blitzt auf seiner Brust. In den Händen hält er Krummstab und Wedel, die Zeichen seiner göttlichen Macht. Als du dich ihm vorsichtig näherst, um seine Befehle zu hören, berät sich Cheops gerade mit einigen hochrangigen Beamten.
„Ah, der Sohn meines Leibarztes", begrüßt er dich. „Kluge Köpfe können wir stets gut gebrauchen!"
Du bist überrascht von der zwanglosen Begrüßung. Etwas unsicher verneigst du dich.
„Ja", meint nun einer der Beamten. Es handelt sich um Hemiunu, den verantwortlichen Baumeister der Pyramide. „Du kannst gleich bei mir anfangen! Ich suche immer kräftige junge Leute."
„Nun, ich dachte eher, dass er sich um meinen Sohn Chephren kümmert", meint dagegen der Pharao und schaut dich direkt an. „Er hat niemanden in seinem Alter, mit dem er etwas unternehmen kann. Und ich selbst habe leider keine Zeit dafür."
„Euer Wunsch hat natürlich Vorrang, edler Pharao", sagt Hemiunu und verbeugt sich tief.
Da lacht Cheops. „Überlassen wir die Entscheidung doch dem jungen Mann!"

**Wenn du beim Pyramidenbau hilfst,
lies weiter auf Seite** **21**

**Wenn du zu Chephren willst,
lies weiter auf Seite** **102**

Im Hafen von Memphis kommen Menschen aus allen möglichen Ländern zusammen: Händler, Söldner, Kapitäne, Matrosen und Glücksritter. Aber auch Geschöpfe mit höchst zweifelhaftem Ruf treiben sich hier herum.
Du hörst dich ein wenig um und lernst schließlich einen Händler von einer entfernten Mittelmeerinsel kennen. Er zeigt sich interessiert an der Schriftrolle und bittet dich auf sein Schiff. Dort will er dir viel Geld für den Papyrus geben.
Jetzt wirst du reich!, freust du dich, als du über die Planke an Bord gehst.
In der Kajüte des Mannes erlebst du jedoch eine böse Überraschung. Der Händler schlägt dich nieder und raubt dir die Schriftrolle.
Stunden später wachst du mit heftigen Kopfschmerzen im Hafen auf. Der Händler und sein Schiff sind verschwunden – und natürlich ist auch die Schriftrolle weg!
Wie hast du nur so naiv sein können?

Ende

Gleich am nächsten Tag sprichst du Imhotep auf der Baustelle an und nennst auch ganz offen deinen Verdacht, dass der Arzt etwas mit den Sabotageakten an der Pyramide zu tun haben könnte.

„Lass uns später darüber reden“, bittet Imhotep. „Ich habe gerade zu viel zu tun.“

Ihr verabredet euch für den Abend an einem der Geheimgänge, die ins Innere der Pyramide zur Grabkammer führen. In dieser Kammer soll Pharao Cheops später einmal bestattet werden.

Es dämmert bereits, als ihr euch in dem düsteren Gang trefft. Du wiederholst deine Vorwürfe.

Imhotep schaut zu Boden. „Ja, ich habe Spielschulden“, gesteht er. „Daher brauche ich ständig Geld ...“

„Wirst du erpresst?“, fragst du nach.

Der Arzt nickt. „Ja, von Paheri, dem Vorarbeiter. Er gibt mir Geld, damit ich die Bauarbeiten sabotiere und den Arbeitern Gift in die Suppe streue. Paheri will Hemiunu als unfähig erscheinen lassen, weil er selbst Baumeister werden möchte.“

Was für ein böses Spiel!, denkst du dir.

„Aber du wirst nicht in der Lage sein, unsere Pläne zu durchkreuzen“, sagt Imhotep unvermittelt und schlägt zu. Dir wird schwarz vor Augen. Der Arzt zerrt dich tief ins Innere der Pyramide und mauert dich dort ein.

Ende

„Das ist ungerecht!“, braust du auf. „Ich bin nicht schlechter als die anderen Schüler!“

„Nun, das habe ich zu beurteilen und nicht du, du Tölpel“, stellt Innu klar.

Tölpel? Was zu viel ist, ist zu viel! Du wirfst dem Lehrer deine Schreibpalette an den Kopf. Das rechteckige Ding ist aus Holz und hinterlässt eine hässliche Beule an Innus Stirn.

Der Schreiber schreit auf und ruft um Hilfe. Zwei stämmige Schüler tauchen auf.

„Verpasst ihm eine Tracht Prügel!“, befiehlt Innu.

Wenn du es mit den beiden aufnimmst, lies weiter auf Seite 58

Wenn du durch das Fenster fliehst, lies weiter auf Seite 107

Zunächst ist nur ein Gemurmel zu hören. Du verstehst leider gar nichts. Dann werden die Stimmen lauter. Da kommt jemand auf die Tür zu! Blitzschnell gehst du wieder in Deckung. Die Tür schwingt auf. Die kleine Frau ist zu sehen, und dann folgt Kawit, eine wunderschöne Nebenfrau des Pharaos. Was haben die beiden miteinander zu tun?
Die beiden Frauen lachen. Doch dann wird Kawit plötzlich ernst. Sie lässt die Giftmischerin verhaften! Die kleine Frau schreit um Hilfe, doch man knebelt sie. Dann wird sie abgeführt. Lächelnd verschwindet Kawit in ihrem Gemach.
Hinter deiner Stirn wirbeln die Gedanken. Erst schienen sich Kawit und die andere Frau bestens zu verstehen, doch dann wendete sich das Blatt – warum?
Da fällt dir auf, dass die Wachen den falschen Weg wählen – sie gehen ja gar nicht zum Gefängnis oder zu Pharao Cheops! Du heftest dich an die Fersen der Soldaten und beobachtest, wie die beiden Männer die Giftmischerin zum Nil bringen. Und dort geschieht es: Die Frau rammt dem einen Mann den Ellbogen in den Magen, sodass dieser zusammenklappt. Dem anderen verpasst sie einen Kinnhaken, der ihn bewusstlos werden lässt. Dann versetzt sie dem ersten noch einen Tritt – nun ist auch er außer Gefecht gesetzt. Alles geht in einem rasenden Tempo. Diese Frau ist wirklich gefährlich!

Wenn du sie verfolgst,
lies weiter auf Seite **12**

Wenn du die Wachen befragst,
lies weiter auf Seite **73**

Die Monate vergehen. Du machst deine Arbeit und stellst keine Fragen.
Immer wieder schickt Rechmire dich und die anderen Helfer hinaus, um allein mit den Toten zu sein.
Und eines Tages erfährst du auch den Grund für diese seltsame Angewohnheit: Rechmire ist ein Dieb! Er raubt die goldenen Gegenstände, die den Verstorbenen von ihren Angehörigen auf den Weg ins Totenreich mitgegeben wurden, und ersetzt sie durch wertlose Kopien.
Einer Frau, die noch mal einen letzten Blick auf ihren toten Bruder werfen wollte, fiel der Betrug auf.
Rechmire wird verhaftet – aber ihr auch, weil man nicht glauben will, dass ihr Helfer nichts von den Machenschaften des Priesters gewusst habt!

Ende

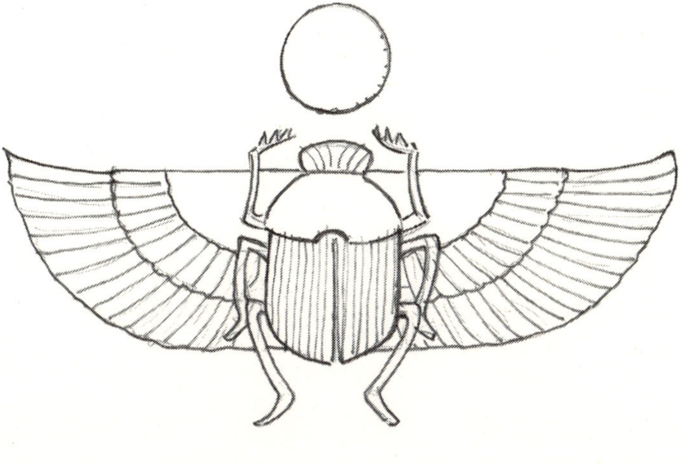

„Imhotep? Natürlich, den kenne ich“, sagt dein Vater, als du abends bei ihm sitzt. „Er hat keinen besonders guten Ruf, weil er im Gasthaus ‚Zum Nilpferd‘ um große Summen spielt.“

„Er spielt?“

„Ja, du kennst doch dieses Brettspiel namens Senet. Dabei hat Imhotep viel Geld verloren“, berichtet dein Vater. „Das habe ich vom Wirt erfahren. Er ist einer meiner Patienten. Aber warum fragst du das alles?“

Du berichtest von deinem Verdacht.

„Hm“, sagt dein Vater. „Vielleicht hat Imhotep wegen der Senetspielerei Schulden und ist deshalb erpressbar …“

Wenn du dich im Gasthaus „Zum Nilpferd“ umschaust, lies weiter auf Seite 57

Wenn du Imhotep mit seinen Spielschulden direkt konfrontierst, lies weiter auf Seite 94

Du stellst euch vor und sagst auch, dass Prinz Chephren eigentlich nur ein Abenteuer erleben wollte und deshalb den Palast in Memphis verlassen habe.
„Dort ist es ihm wohl oft ein wenig zu langweilig", schiebst du noch nach.
Da lacht Sari auf. „Langweilig? Das kann ich gut verstehen! Auch ich finde das Leben im Palast meistens sehr, sehr öde."
Chephrens Miene hellt sich auf. Er lächelt selig. Offenbar ist ihm die schöne Hethiter-Prinzessin sehr sympathisch.
„Deshalb gehe ich auch gerne auf die Jagd oder ziehe in vorderster Front in die Schlacht!", ruft Sari. „Und manchmal reite ich auch im Grenzgebiet umher, um Eindringlinge zu fangen!"
Chephren hört auf zu lächeln.
„War nur ein Scherz!", sagt Sari jetzt. „Ihr sollt meine Gäste sein. Folgt mir nach Qadesh."
In der großen Stadt werdet ihr überraschend herzlich aufgenommen. Chephren und Sari kommen sich immer näher. Die beiden passen wirklich wunderbar zusammen. Und eines Tages willigt Sari ein, Chephren nach Memphis zu begleiten. Auch ihr Vater Tudhalija ist einverstanden. Durch die Heirat wird ein Frieden zwischen Hethitern und Ägyptern besiegelt.
Tja, rauben musste Chephren diese Prinzessin nicht. Sie kam freiwillig mit.
Egal, du hast deine Aufgabe jedenfalls ganz wunderbar erledigt!

Ende

„Was sind das für Zwischenfälle?", willst du wissen.
„Wir haben ungewöhnlich viele Unfälle", sagt der Baumeister. „Außerdem verschwindet Baumaterial. Es gibt Verzögerungen bei der Lieferung der Steine. Und die Arbeiter murren immer wieder. Alles in allem gibt es leider viel zu viele Probleme. Und der Pharao macht mich dafür verantwortlich!" Hemiunu seufzt. „Aber ich kann nicht überall gleichzeitig sein."
Du hast verstanden und schaust dich erst einmal unauffällig auf der gewaltigen Baustelle um. Zunächst kannst du nichts Ungewöhnliches entdecken.
Doch am Nachmittag gibt es einen Zwischenfall. Das Seil, mit dem Arbeiter einen Stein über die Rampe nach oben ziehen, reißt: Der Klotz rutscht von den Rollen und verletzt vier Arbeiter, die von hinten geschoben haben. Großes Geschrei erhebt sich.

Wenn du dich um die Verletzten kümmerst, lies weiter auf Seite 51

Wenn du dir das Seil anschaust, lies weiter auf Seite 59

Rechmire setzt die Anubis-Maske ab. Dann kramt er in einer kleinen Holzkiste, die dir noch nie aufgefallen ist.
Was macht er denn jetzt?, überlegst du.
Nun hat der Priester einen golden blitzenden Skarabäus in der Hand. Du ahnst, dass es sich nur um eine billige Kopie aus Blech handelt.
Rechmire legt das Blechding an die Stelle, an der vorher der Skarabäus aus echtem Gold war.
Er hofft, dass niemand den Diebstahl bemerkt!, schießt es dir durch den Kopf.
Der Priester klatscht ein einige Male in die Hände und ruft die Namen seiner Helfer.
„Ihr könnt den Toten in den Sarg legen", fordert er euch auf.
Ihr gehorcht. Nun verschwindet die Mumie in einem reich bemalten Kasten. Niemand wird jemals den Diebstahl bemerken!
Als Rechmire abends nach Hause geht, folgst du ihm unauffällig. Bestimmt hat der Priester heute nicht zum ersten Mal gestohlen und das Diebesgut irgendwo in seinem Haus gehortet!
Jetzt verschwindet Rechmire im Inneren des Gebäudes. Sollst du die Wachen rufen, damit sie das Haus auf den Kopf stellen? Aber was ist, wenn sie nichts finden?

**Wenn du selbst im Haus nachschaust,
lies weiter auf Seite** 66

**Wenn du die Soldaten rufst,
lies weiter auf Seite** 106

102

Chephren ist ein sehr gut aussehender junger Mann. Bald schon werdet ihr die besten Freunde. Du bist sein ständiger Begleiter und eine Art Leibwächter. Pharao Cheops hat dir klargemacht, dass du mit deinem Kopf dafür haftest, wenn Chephren etwas zustößt. Der Prinz steckt voller Energie, er will sich beweisen.

„Ich habe keine Lust, ständig in diesem langweiligen Palast zu leben – ich will raus in die weite Welt und Abenteuer erleben", sagt er eines Tages zu dir. „Und mein Vater meint sowieso, dass ich ein verzogenes Muttersöhnchen bin – aber ich werde es ihm und allen anderen zeigen!"

„Was hast du vor, edler Prinz?"

Chephrens Augen beginnen zu leuchten. „Ich werde eigenhändig ein Krokodil erlegen!"

Du glaubst dich verhört zu haben. „Aber ...", fängst du an.

„Oder eine schöne Prinzessin der Hethiter rauben!", ruft Chephren.

Bei allen Göttern!, denkst du. Die Hethiter sind ein mächtiges, kriegerisches Volk im Osten. Das könnte einen Krieg bedeuten!

„Oder die Räuberbanden der Beduinen jagen", schlägt der Prinz vor.

Du schluckst. Diese Banden sind gefürchtet. Immer wieder kommen sie aus der Wüste zum Nil und überfallen die Dörfer. Sie rauben die Ernte und das Vieh.

Lies weiter auf Seite 37

Du bist ziemlich kräftig, also wehrst du dich. Du verpasst dem Kerl einen Kinnhaken, der ihn zurückschleudert. Der Fremde stürzt zu Boden und du glaubst schon, dass du gewonnen hast.
Doch da greift der Mann zu einem Messer, das ihr Balsamierer zum Öffnen der Leichen braucht. Damit geht er auf dich los.
Blitzschnell packst du eine leere Kanope. Das sind Tonvasen, in denen die inneren Organe der Verstorbenen aufbewahrt werden. Du schmeißt die Kanope dem Fremden an den Kopf. Bewusstlos sackt er zusammen.
Sieg!
Du alarmierst die Stadtwache und der Mann wird ins Gefängnis gebracht. Später erfährst du, dass der junge Mann ein Verbrecher ist, der auf der Flucht war. Er stellte sich tot, um seinen Jägern zu entkommen. Offenbar hoffte er, aus dem Tempel fliehen zu können. Aber das konntest du vereiteln!

Ende

Bei Amun, das ist aber schwer! Du hockst mit drei anderen Schülern bei deinem dicken Lehrmeister Innu auf einer Bastmatte und schreibst komplizierte Hieroglyphen auf Tonscherben und Kalksteinplatten. Papyrus ist sehr teuer, also dürft ihr nur auf billigem Material üben. Ihr benutzt Schreibbinsen, die Pinseln ähneln. Als schwarze oder rote Farbe dient euch eine Paste, die aus Ruß beziehungsweise aus Ocker hergestellt wird.

Innu ist ein strenger Lehrer. Wieder und wieder meckert er über deine Leistungen. Dabei gibst du dir alle Mühe und bist meist besser als die anderen Schüler. Aber offenbar kann Innu dich nicht leiden …

„Du bist ein Esel!“, schreit der Lehrer dich wegen eines winzigen Fehlers an. „Aus dir wird nie etwas! Schon gar kein Schreiber!“

Da wirst du wütend und knallst die Tonscherbe, die du gerade bemalt hast, auf den Boden. Am liebsten hättest du sie Innu an den Kopf geworfen. Solche Beleidigungen musst du dir nicht anhören!

Wenn du deine Ausbildung abbrechen möchtest, lies weiter auf Seite 17

Wenn du bei Innu bleibst, lies weiter auf Seite 108

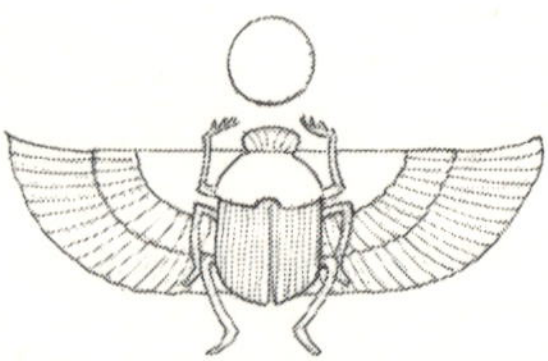

106

Du alarmierst einen Trupp Wachsoldaten.
„Ich hoffe, du erzählst uns nicht irgendein Märchen, Kleiner", knurrt der Hauptmann. „Rechmire ist ein angesehener Priester."
Mit seinen Männern läuft er zu Rechmires Haus. Du bist selbstverständlich dabei.
Der Priester öffnet die Tür und ist natürlich wenig begeistert von diesem Besuch.
„Steckst du etwa dahinter?", schnauzt er dich an.
Du bleibst ganz ruhig und erwiderst gar nichts.
Dann gehen die Soldaten ins Haus. Du musst draußen bleiben.
Aber was ist das? Durch das Fenster beobachtest du, wie Rechmire dem Hauptmann etwas zusteckt. War das Geld? Die Männer lachen. Dann erklingt ein kurzer Pfiff. Die Suche wird abgebrochen, bevor sie überhaupt begonnen hat!
„Und nun zu dir, Bürschchen", sagt der Hauptmann. „Ich verhafte dich, weil du Rechmire übel verleumdest hast!"
Du protestierst, aber das nützt dir nichts. Du landest für immer im Gefängnis!

Ende

Du springst an Innu vorbei zum Fenster.
Der Schreiber packt dich: „Hiergeblieben!“
Niemals!, denkst du dir und verpasst Innu einen Tritt, der ihn gegen seine beiden Helfer schleudert. Für einen Moment sind alle drei außer Gefecht gesetzt.
Du nutzt die Chance und entkommst durch das Fenster.
Zwei Wochen später beginnst du eine Ausbildung bei einem anderen Schreiber. Der alte Mann ist gütig und geduldig. Bei ihm lernst du die hohe Kunst des Schreibens – und zwar ohne Demütigungen.

Ende

Du schluckst die Demütigungen hinunter und hältst durch. Aufträge hat Innu genug. Die meisten deiner Landsleute können weder lesen noch schreiben. So setzt Innu für seine Kunden Verträge auf, beurkundet einen Handel oder schreibt sogar mal ein Liebesgedicht. Und ihr Lehrlinge helft ihm dabei.

Innu ist ein wahrer Meister seines Fachs. Doch leider macht es ihm großen Spaß, andere Menschen zu erniedrigen und zu beleidigen. Vor allem dich macht er immer wieder runter.

Und eines Tages sagt er zu dir in seinem Arbeitszimmer: „Du hast wirklich kein Talent. Daher wirst du ab jetzt nur noch mein Laufbursche sein und die Schriftrollen ausliefern oder meine Kunden bewirten. Aber schreiben wirst du nicht mehr!"

Wenn du dir das gefallen lässt,
lies weiter auf Seite **53**

Wenn du rebellierst,
lies weiter auf Seite **95**

Du brüllst, dass die Wände wackeln. Doch niemand kommt dir zur Hilfe. Die beiden Wachsoldaten aber reagieren. Sie rennen auf dich zu.
Bei allen Göttern!, durchfährt es dich. Die Kerle sind Komplizen der kleinen Frau! Vermutlich haben sie die Giftmischerin nur zum Schein festgenommen!
Du fliehst, doch die Männer holen dich ein und stürzen sich auf dich.
„He, ich habe doch gar nichts gemacht!“, schreist du.
„Mag sein“, sagt der eine Soldat. „Aber du bist zur falschen Zeit am falschen Ort!“
Dann wird es dunkel um dich und du ahnst: Das ist dein

Ende

110

Es wird wirklich ein schöner Abend. Ihr esst und trinkt, bis ihr fast platzt.
Doch plötzlich werdet ihr alle sehr, sehr müde.
„Verflucht, man hat uns etwas ins Essen getan!", rufst du. Du willst aufstehen und den Wirt zur Rede zu stellen, aber der Schlaf übermannt dich. Auch Taheb und die anderen nicken ein.
Das Erwachen ist fürchterlich. Ihr findet euch am Ufer des Nils wieder. Kein Gold, kein Weihrauch – noch nicht einmal das Schiff haben sie euch gelassen.
Wärt ihr doch gleich wieder zurück nach Memphis gereist!

Ende

Ehrfürchtig kniest du nieder. Noch nie hast du eine schönere Frau gesehen. Sie sitzt in einem pfirsichfarbenen Leinengewand auf einem goldenen Thron und lässt sich gerade von einer Dienerin Perlen in die Haare flechten. Merititis trägt ein Diadem mit zahllosen Edelsteinen sowie goldene Armreife.
„Du sollst in der Küche helfen", weist dich die Herrscherin hochmütig an. „Hinfort mit dir!"
Mit gesenktem Kopf ziehst du dich zurück.
In der Küche ist es unglaublich heiß. Überall dampft und brodelt es. Mehrere Feuer brennen gleichzeitig. Eine Heerschar von Dienern schneidet Gemüse klein, kocht Suppen oder brät Fleisch am Spieß. Die Küchenchefin heißt Menui und ist so dünn wie das Schilfrohr am Nil.
„Gut, dass du da bist", begrüßt sie dich freundlich. „Heute gibt es ein Festessen. Da kann ich jede Hand gebrauchen!"
„Für wen ist das Essen?", fragst du, während Menui dich zu einem Holztisch führt. Dort sollst du Obst klein schnippeln.
„Ein hoher Gast aus unserem Nachbarland Nubien", klärt Menui dich auf. „Und nun beeil dich!"
Während du arbeitest, bemerkst du, dass eine auffallend kleine Frau die Küche durch eine Tür verlässt, die zum Hof führt. Als sie zurückkehrt, hat sie ein Säckchen dabei, das sie eilig unter ihrem einfachen Leinenkleid verschwinden lässt.
Merkwürdig … Was hat die Frau zu verbergen?

Wenn du keine Nachforschungen anstellst,
lies weiter auf Seite **14**

Wenn du nachforschst,
lies weiter auf Seite **19**

112

Du stürmst die Treppe hinauf und stehst wenig später auf dem Dach des Hauses. Überall liegt Baumaterial herum. Offenbar soll hier noch ein Stockwerk draufgesetzt werden.
Unter dir sind Stimmen zu hören. Wachen jagen die anderen Ausbrecher. Du wähnst dich schon in Sicherheit, als einer der Verfolger hochschaut und dich entdeckt.
„Da oben ist noch einer! Den schnappen wir uns!“ Zwei Soldaten rennen auf die Treppe zu.

Wenn du die Verfolger mit dem Baumaterial bewirfst, lies weiter auf Seite 74

Wenn du wegrennst, lies weiter auf Seite 87

Schlangenherzen, Spinnenblut und Skorpionstachel? Das klingt nicht gerade einfach …

Du fängst gleich mit der gefährlichsten Zutat an, dem Stachel. Skorpione gibt es überall in deinem Land. Meistens lauern sie unter Steinen auf Beute.

Du begibst dich an den Stadtrand und beginnst, vorsichtig Stein für Stein umzudrehen. Dafür benutzt du sicherheitshalber einen Stock. Außerdem hast du ein Säckchen dabei.

Da! Da ist schon eines der Tierchen! Aber es ist bereits tot … Ob du auch einen toten Skorpion für den Trank benutzen darfst? Oder muss es der Stachel eines frisch gefangenen Tieres sein?

Wenn du nach einem lebenden Tier suchst, lies weiter auf Seite 18

Wenn du den Stachel des toten Skorpions benutzt, lies weiter auf Seite 52

114

Rechmire und seine Schwester trennen sich. Du heftest dich an die Fersen der Frau. Sie geht zu einem großen Haus und verschwindet darin.
Und jetzt?, überlegst du, während du das Gebäude umrundest. Du kommst am Hinterhof vorbei und wirfst einen Blick hinein. Da blitzt etwas im Mondlicht auf.
Was war das?
Neugierig trittst du näher. Dort siehst du einen Haufen mit Küchenabfällen. Und zwischen den Abfällen liegt ein länglicher Gegenstand. Du beugst dich darüber.
Ein Messer! Vorsichtig zupfst du es aus dem Unrat. Blut klebt an der Waffe. Dein Puls beschleunigt sich. Das ist bestimmt die Tatwaffe! Womöglich hat Rechmires Schwester ihren Mann selbst ermordet und dann die Waffe im Müll verschwinden lassen!
Mit dem Beweisstück rennst du am nächsten Morgen zu einem Richter. Er lässt die Witwe vorführen. Als sie das Messer sieht, gesteht sie den Mord! Sie hat aus Habgier gehandelt. Auch Rechmire wird verhaftet.
Und du? Du wirst nach einigen Jahren der neue Priester!

Ende

Pharao Cheops ist einverstanden mit dem gefährlichen Plan seines Sohnes.
„Diesen Räubern muss endlich das Handwerk gelegt werden!“, ruft Cheops. „Und du, mein Sohn, kannst dich dabei als mutiger Krieger beweisen. Auch dieses Handwerk muss ein Pharao schließlich beherrschen!“
Mit einer kleinen Streitmacht zieht ihr los. Dir ist gar nicht wohl bei der Sache. Die räuberischen Beduinen gelten als sehr gefährlich – und wenn dem jungen Chephren etwas zustoßen sollte, dann wird Cheops dich dafür verantwortlich machen …
Zuletzt haben die Räuber in einem Dorf ganz in der Nähe von Memphis zugeschlagen. Dort nehmt ihr die Spur der Täter auf. Ein Bauer hat gesehen, wie die Räuber in westliche Richtung flohen.
Du weißt, dass dort einige Oasenstädte wie etwa Fayum liegen, die durch Handelswege miteinander verbunden sind. Oder haben sich die Täter eher in den nahen Dünen versteckt?

Wenn du Chephren rätst,
die Dünen nach den Räubern abzusuchen,
lies weiter auf Seite 69

Wenn du Chephren dazu bringst,
nach Fayum zu ziehen,
lies weiter auf Seite 84

Als es darum geht, Merititis ihre ganz persönliche Vorspeise zu bringen, drängelst du dich vor.
Der Boden des Festsaals ist mit Rosenblättern ausgelegt. Fackeln werfen ihr zuckendes Licht auf die vergoldeten Wände. Musiker spielen auf Trommeln und Flöten. Es ist sehr heiß.
Merititis und Pharao Cheops haben rund hundert Gäste. Viele von ihnen tragen kleine Duftkegel auf den Köpfen, die in ihren Haaren festgesteckt sind. Durch die Wärme schmilzt das Wachs und ein angenehmer Geruch verbreitet sich.
Du servierst Merititis die Vorspeise. Sie nickt dir gnädig zu. Dann reicht sie das Essen an einen Vorkoster weiter. Der Mann probiert das Gericht. Mit großen Augen schaust du zu. Nichts passiert, es scheint kein Gift im Essen zu sein. Also isst die Königin das feine Brustfleisch von Flamingo und Kranich.
Zwei Stunden vergehen. Im Festsaal geht es hoch her. Die Diener schleppen eine Leckerei nach der anderen herein. Doch kurz vor Mitternacht bricht der Vorkoster plötzlich zusammen. Dann klagt auch Merititis über heftiges Unwohlsein!

War also doch Gift im Essen?, fragst du dich. Womöglich eines, das langsam wirkt?
Da bemerkst du, dass die kleine Frau aus dem Saal huscht.

**Wenn du die Frau verfolgst,
lies weiter auf Seite** **30**

**Wenn du deinen Vater, den Arzt, holst,
lies weiter auf Seite** **54**

Im Laufe der nächsten Wochen und Monate vergisst du die Sache. Du bist ein gelehriger Schüler und stellst dich sehr geschickt an.
Eines Abends, es ist kurz vor Feierabend, wird ein junger, toter Mann in den Tempel gebracht. Auch er soll mumifiziert werden, sagt sein trauernder Vater.
„Fang du schon einmal an", sagt Rechmire. „Ich habe heute keine Zeit mehr und werde mich morgen um den jungen Mann kümmern. Du weißt ja, was zu tun ist."
Na großartig!, denkst du. Viel lieber wärst du nach einem so anstrengenden Tag ebenfalls nach Hause gegangen.
Der Tote wird von zwei Gehilfen auf einen Steintisch gehoben. Dann bist du mit ihm allein.
Du willst den jungen Mann erst waschen und ihm anschließend das Gehirn entnehmen – das sind immer die beiden ersten Arbeitsschritte bei einer Mumifizierung.
Schon beugst du dich über den Toten, um ihn zu entkleiden.
In dieser Sekunde schlägt er die Augen auf.
Du prallst zurück und schreist.
Der junge Mann springt vom Tisch und drückt dich gegen die Wand.
„Psst!", macht er.

Wenn du gehorchst,
lies weiter auf Seite **42**

Wenn du dich wehrst,
lies weiter auf Seite **103**

Leseprobe aus dem
Ravensburger Taschenbuch 52499
„1000 Gefahren bei den Wikingern“
von Fabian Lenk

Das Feuer wirft Schatten an die Wand des riesigen Hallenhauses. Es gehört Leif, eurem Anführer – dem Jarl von Haithabu, der größten Wikingerstadt im Norden. Wir schreiben das Jahr 950 nach Christus. Leif hat alle zusammengetrommelt, die in eurer Stadt etwas zu sagen haben. Aki, den Schmied, Erik, den Jäger, und Halfdan, den Händler. Auch der weise Fleygur ist dabei. Gleich neben Leif sitzt seine Frau Alma, die ihre Waffe genauso gut führen kann wie ein Mann. Und natürlich gehörst auch du zu dieser Runde: Finn. Du bist zwar der Jüngste hier, aber ebenfalls ein geschickter Jäger. Außerdem giltst du als besonders mutig. Heute wollt ihr die Antwort auf eine wichtige Frage finden.

„Nördlich von hier soll es eine Insel geben, die reich an Bodenschätzen ist", sagt Halfdan. „Das habe ich auf meiner letzten Reise gehört." Gier steht in seinen Augen.

„Sicher wird eine so reiche Insel von starken Männern bewacht", gibt Alma zu bedenken.

„Na und?", erwidert Halfdan. „Dann überrennen wir sie eben."

„Vielleicht können wir einen Kampf ja auch vermeiden", wirfst du ein. „Wir sollten mit ihnen Handel treiben. Schließlich haben wir wertvolle Felle, die wir gegen andere Waren tauschen könnten."

„Unsinn!", poltert Halfdan los. „Wir holen uns, was wir brauchen, und geben denen nichts dafür!"

Lies weiter auf Seite 8

„Ja, wir plündern die Insel! Dann sind wir reich!“, brüllt Aki, der Schmied. Kampflustig reckt er einen Sax, ein Hiebmesser, in die Höhe. Es entbrennt eine hitzige Diskussion. Erst als euer Jarl Leif die Hand hebt, kehrt Ruhe ein.
„Wir müssen uns entscheiden, ob wir überhaupt zu dieser Insel aufbrechen“, sagt er. „Wenn wir das tun, bedeutet das, dass wir Haithabu ungeschützt zurücklassen.“
„Nicht unbedingt“, widerspricht der alte Fleygur. „Es müssen nicht alle in See stechen. Ein Teil der Männer bleibt hier und bewacht unsere Stadt, der andere Teil sucht diese Insel.“
Der Jarl nickt bedächtig. „Ein kluger Vorschlag …“
„Nein!“, zischt Halfdan. „Wenn wir sie nicht alle zusammen angreifen, sind wir womöglich zu schwach!“
Erneut reden alle durcheinander. Du grübelst vor dich hin, während du deinen treuen Hund Floki hinter den Ohren kraulst. Eine unbekannte Insel entdecken – das wäre doch genau das Richtige für dich!
Aber was ist, wenn Halfdan Recht hat und man euch in euren Schiffen versenkt, bevor ihr auch nur einen Fuß auf die Insel gesetzt habt?
Wieder ergreift Leif das Wort: „Wir machen es so, wie Fleygur vorgeschlagen hat. Wir bilden zwei Gruppen.“

**Wenn du die Insel suchen willst,
lies weiter auf Seite** **10**

**Wenn du lieber in Haithabu bleibst,
lies weiter auf Seite** **99**

„Lasst mich mit einigen Männern fremde Städte erobern“, schlägst du vor. „Wenn wir Erfolg haben, werden wir alle keine Not mehr leiden!“

Die anderen sind einverstanden.

Und so brichst du am nächsten Tag auf. Die Götter meinen es zunächst gut mit euch, ihr kommt schnell voran. Doch dann tauchen andere Drachenschiffe hinter euch auf. Sie verfolgen euch und kommen rasch näher. Schließlich haben sie euch eingeholt und greifen euch an!

Lies weiter auf Seite 16

Gleich am nächsten Morgen beladet ihr eure Wikingerschiffe. Du liebst diese stolzen Boote mit ihren hoch aufragenden Drachenköpfen am Vordersteven. Es gibt keine schnelleren Schiffe! Ihr nehmt alles mit, was ihr brauchen werdet: Trinkwasser, Proviant und eure Waffen – Saxe, Pfeil und Bogen, Streitäxte sowie Framen, fast zwei Meter lange Speere. Natürlich habt ihr auch eure runden Schilde aus Lindenholz dabei, die an den Rändern mit Eisen verstärkt sind. Ihr steckt sie in die halbkreisförmigen Aussparungen an der Bordwand. So seid ihr vor der Gischt, aber auch vor feindlichen Pfeilen geschützt.

In drei Drachenbooten brecht ihr auf. Auch Leif, Halfdan und Aki reisen mit. Ihr winkt den Bewohnern von Haithabu zum Abschied zu.

Dein Herz wird schwer. Wirst du Haithabu jemals wiedersehen? Und deinen Hund Floki?

Ihr rudert die Boote aus dem Hafen auf die Schlei, einem Meeresarm der Ostsee. Dort hisst ihr die Segel. Du hast das Kommando über eines der Boote, was dich mächtig stolz macht.

„Vorwärts!“, brüllt Leif.

Wenig später habt ihr das offene Meer erreicht. Der Wind nimmt zu, es wird immer stürmischer. Donner grollt, Regen trommelt auf die Planken.

Wenn du das Segel einholen lässt,
lies weiter auf Seite **58**

Wenn du das nicht tust,
lies weiter auf Seite **13**

Du wartest, bis es Nacht wird. Zum Glück ist heute Neumond, denn die Dunkelheit bietet dir Schutz. Leise kletterst du über den Zaun und robbst durch das feuchte Gras auf die feindlichen Linien zu. Gunnars Krieger haben einen Kreis um Haithabu geschlossen. Aber irgendwo muss es eine Lücke geben! Eine Gestalt, gleich vor dir! Dein Atem stockt. Das ist bestimmt ein Wachposten! Aber er hat dich nicht gesehen. Du schlägst ihn nieder. Mit rasendem Puls blickst du dich um – hat dich jemand bemerkt?
Nein, so scheint es zumindest. Du schleichst weiter und kommst an ein paar schnarchenden Feinden vorbei. Dann erreichst du den Wald, wo Gunnars Krieger ihre Pferde angebunden haben. Du schwingst dich auf den Rücken einer Stute und jagst los. Hinter dir werden Stimmen laut, aber du hast bereits einen zu großen Vorsprung. Außerdem ist es zu dunkel für eine Verfolgung. Tags darauf erreichst du die Stadt, von der Alma sprach. Auch sie liegt am Wasser. Und hier erlebst du eine Überraschung: Euer Jarl Leif und seine Männer haben in dieser Stadt angelegt, um dort die Nacht zu verbringen. Heute wollen sie weiter nach Haïthabu segeln! Das trifft sich gut. Schnell informierst du Leif. In Windeseile kehrt ihr nach Haithabu zurück und vertreibt den Verräter Gunnar und seine Krieger!

Ende

12

Du stürmst zu deinem Pferd. Natürlich hören das die Feinde. Und dann sehen sie dich auch. Gerade, als du dich auf den Rücken deines Pferdes schwingen willst, kniet sich ein feindlicher Bogenschütze hin, zieht einen Pfeil aus seinem Köcher, spannt den Bogen und legt auf dich an.
Das Letzte, was du hörst, ist das Sirren seines Pfeils.

Ende

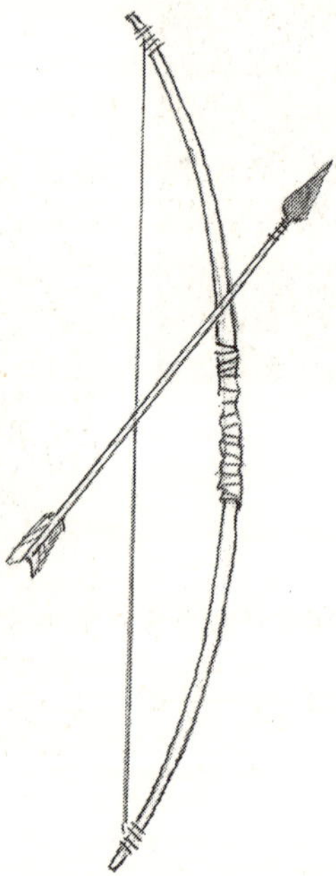